大地文心

吉狄马加题

第三届中国生态文学优秀作品集

生态环境部宣传教育司　编

中国环境出版集团 · 北京

图书在版编目（CIP）数据

大地文心 : 第三届中国生态文学优秀作品集 / 生态环境部宣传教育司编. -- 北京 : 中国环境出版集团,2021.6
ISBN 978-7-5111-4722-6

Ⅰ. ①大… Ⅱ. ①生… Ⅲ. ①中国文学－当代文学－作品综合集 Ⅳ. ①I217.1

中国版本图书馆CIP数据核字(2021)第088706号

出 版 人 武德凯
责任编辑 赵 艳
责任校对 任 丽
装帧设计 金 山

出版发行 中国环境出版集团
（100062 北京市东城区广渠门内大街 16 号）
网 址：http://www.cesp.com.cn
电子邮箱：bjgl@cesp.com.cn
联系电话：010-67112765（编辑管理部）
010-67147349（第四分社）
发行热线：010-67125803，010-67113405（传真）
印装质量热线：010-67113404
印 刷 北京中科印刷有限公司
经 销 各地新华书店
版 次 2021 年 6 月第 1 版
印 次 2021 年 6 月第 1 次印刷
开 本 787×960 1/32
印 张 9
字 数 180 千字
定 价 78.00 元

让我们从三江之源出发，为共建和书写新时代的生态文学而共同努力

十三届全国人大常委会委员，中国作家协会副主席、书记处书记

吉狄马加

在六五环境日这个具有特殊意义的日子，生态环境部、中央文明办、中国作家协会、青海省人民政府在西宁举办“繁荣生态文学　共建美丽中国”论坛，首先我要代表中国作家协会、并以我个人名义向本次论坛的举办表示热烈祝贺！向今天到会的各位嘉宾和朋友们表示热烈的欢迎！向为这次论坛的成功举办做了大量工作各有关方面表示衷心的感谢！我非常荣幸

注：本文为吉狄马加先生在2021年六五环境日国家主场活动“繁荣生态文学　共建美丽中国”论坛上的讲话，作为本书的序言。

参加这个活动，我也非常期待能在这样的日子与大家一起探讨“繁荣生态文学　共建美丽中国”的话题。

毫无疑问，“人与自然和谐共生”的主题，关乎人类生存与自然秩序，当然也关乎文学。

也许是因为我的生长环境所决定，每当我听到或者说到自然、环境、生态这样的词语，我总是会不由自主并且充满诗情地想起大凉山的土地、山水和天空，想起在其中生存繁衍的人和一切有生之物。有时我会对自己这颗敏感的心产生疑惑：在那旷原和山野里，究竟有什么东西在诱惑着它？我曾怀疑那不过是一种对童年和少年时代的眷恋或记忆，而不是来自生存的内在需要或灵魂的某种渴求。彝族是生活在中华这片大地上最古老的民族之一，在其创世神话中就有雪族十二子的传说，它告诉我们人类都是从雪山上下来的，有血的动物六种，无血的植物六种。我想告诉大家的是，最早的神话从某种意义而言，绝非是一种毫无根据的妄想，人类和这个地球上一切生命的历史，或许因为这样那样的原因变得扑朔迷离，甚至被某种外力和偶然已经中断，但却在人类的口头传说和最古老的语言词根中存活着。当然这些都可以留给那些专门的学者去进行更有深度的研究，特别是借助现在一些更先进的科技手段。不过我在这里要强调的是这些传说和神话传递给了我们一个准确的信息，那就是我们人类和这个世界所有的生命来源都是相互关联的，如果站在更为神圣的尊重所有生命的道义高度来看，这个星球上所有的生命都应该是平等的。但是非常不幸的是，从19世纪到20世纪也可以说已经延续到了今天，那就是人类在工业化和后工业化的进程中，毋庸讳言，给这个地球和别的生命带来的伤害都是空前的，但愿这一切在大家的共同努力下会得到扼转。在第21届联合国气候变化大会上通过的《巴黎协定》就是一个证明，当然要落实这一系列的任务还需要付出艰巨的努力和更长的时间。

我始终相信每个生命都不会是一种孤立的存在，从今天我们所看到的自然和环境所发生的剧烈变化，生命间的相互依存和共生关系不能随意改变，已经被越来越多的人所理解和认同，我们怀着对所有生命的敬畏而开展的对所有生命起源的追溯，绝不是一个简单的学术问题，更重要的是它会让我们今天的人类再一次明白，我们从哪里来，我们还要到哪里去，无疑它的现实意义将是巨大的。就我个人而言，不仅仅在灵魂和精神世界里对所有的生命怀有无比的敬畏，更重要的是我希望能通过我的诗歌唤起更多的人去热爱我们的地球和所有的生命。我曾经为“青海—水与生命音乐之旅”写过一首短诗《深情地呼唤》，由美国黑人作曲家霍华德·麦克雷利谱曲，后来由世界三大男高音之一的西班牙歌唱家卡雷拉斯与歌手柯以敏在黄河边联袂演唱，获得了巨大的令所有人感动的成功。对万物及其生命意义的追寻对于个人而言或许是终其一生的事，我并不认为它是无意义的，因为这种诱惑产生于生命的深层之处，产生于对那些事物所蕴含的、所体现的永恒存在之物的思索，也来自于那些神性在消逝过程中所产生的强烈振颤，对人类及其万物生命终极意义的叩问，我以为，这种思索和叩问永远不会停止，因为当一种生命对别的生命还在产生相互吸引并认同这种共生关系时这一切就会延续下去，也正因为此，我们所倡导的生物多样性和文化多样性才是有价值的。

可以说，文学自诞生之日，就与自然环境有着密不可分的联系。或者说，正是由于人类生命与心灵对自然的感悟产生了文学和艺术。中国的自然文学源远流长。也许我们无从知道数千年前远古人类的语言，但是他们在岩洞和山崖的石壁上留下了野牛的画像，讲述了人类狩猎生活的故事；中国第一部诗歌总集《诗经》中有大量纯粹描写自然的诗歌；借助自然事物表达情感的诗歌比比皆是，“关关雎鸠，在河之洲”优美抒情；再比如“冬雷震震，夏雨雪，天地合，乃敢与君绝”，这样以极端自然失衡紊乱比喻誓言的句子，更加震撼心灵。从战国时代伟大诗人屈原的气节，魏晋诗人的风骨，唐宋诗人的风流豪放或细腻内敛，再到明清士人的文理哲思，无不充满从自然世界吸纳而来的光华与色彩。

文学为什么从来都不能离开自然？因为自然是一个广阔

的、充满自由和梦想的世界。在那个世界里，人性与自然神性共生共存，并且可以相互沟通和影响。因为自然的喻言简洁而明了，所以人的思想是单纯的；因为自然的事物丰富而多变，所以生活的颜色是五彩的；因为自然环境的护佑古老而庄严，所以生存的意义是崇高的；因为万物的存在和谐而充满情趣，所以生命的形式是自由的；因为爱情与歌唱是神圣而浪漫的，所以一切自然之物也都表现出人性化的宽容和亲近。在自然世界里，时间的悠远和空间的广大产生于自然的道理之中。自然的时间与万物生长的时间完全一致，所有弱小的事物和所有强大的事物在同一空间中拥有自己的地位与权利，在人与神共同创造的秩序中，时空是相互开放而交融的，人与历史、人与自然世界是一个整体。因为自然界是一个以人类可以理解的神话为文化基础、行为准则的世界，所以一切都仍然成为可能。这便是人类与自然、自然与文学之间的微妙关系。

我在青海工作生活十年之久，这成为我一生最为宝贵的生命经历和精神财富。我曾经在青海湖国际诗歌节以及其他场合多次讲到，青海是一个特别富有诗意的地方，因为这里的山川大地就是一座诗的高原。这里横贯着祖脉昆仑，这圣殿般雪山就是一部伟大的东方史诗。这里更是中华民族母亲河黄河、长江以及东南亚母亲河澜沧江的发源地，它们远远不止是自然的存在、秩序的创造者，更是文明的象征。

在三江源，在青藏高原，由于人类生产生活方式的特殊性和万物生存环境的平等，人与自然的关系便体现得尤为重要和密切。这种密切的联系在千百年民间文学的创造与传承中得到充分体现。从文学史的层面解读，如果是中原文人创作对自然的描写大多是寄情山水、借物抒情，而纵览高原民族民间文学，纯粹表达对自然环境、自然事物的敬畏、赞颂、珍惜和热爱的内容比比皆是，在古老的谚语、故事、诗歌和格萨尔史诗中随处可以读到。高原上古老的部落习惯法中，更是明确规定了对自然事物与生活环境的种种遵循和禁忌，这些观念也无不反映在民间文学之中。人们用优美的语言赞美日月星辰的光华，敬畏风雹雷电的威力，仰慕野生动物的勇猛顽强，感念江河溪流的滋润，遵从对森林草原的爱护，警示自然力量的桀骜不驯。从今天的定义来看，虽然它们尚不能称之为自然文学或生态文学的自觉，却也反映了人们对生存环境与自然秩序的伦理思考和同生共荣的朴素认知。这是高原大地和民间智慧留给我们的文化遗产，也是生态文学的原始财富，它们需要我们高度重视，认真整理、研究、传承和发展。

20世纪末以及进入21世纪以来，在世界范围内，生态环境发生了显著恶劣的变化。洪水、干旱、飓风、沙尘暴等等极端天气现象的频繁发生，病毒的突如其来与肆虐，河流的污染或干涸，空气污染指数“爆表”，冰川雪峰的消失，森林与草原退化，大地的沙漠化与荒漠化等等。防不胜防的自然灾难与灾害，让越来越多的人意识到，人类社会借助航天飞机、卫星和互联网等等科技手段走得太快了，我们忽视了根本的生存环境，忽略了与自然万物的对话，我们在停不下来的忙忙碌碌中，将空间和时间极大地压缩与切割了，这意味着我们古老的梦想空间、我们自由的生存空间随之消失，也同时意味着我们曾经创造并拥有的纯粹精神时间和历史时间的消失。

生活在有限空间和有限时间中的当代人，尤其是文学家和艺术家，常常会在一种无意识状态下感到一阵惊悸，某些幻象会在一刹那掠过我们的脑海，那是我们生命记忆场中的残存之物。于是在现实生活的杂乱喧嚣之余，我们会感到某种难以名状的渴望。这是对那个遗失的时空的眷恋，因为在那个时空里人性和自然神性喜悦地共存着。这是对童年时期那种毫无约束又毫无理由的嚎啕与欢笑的眷恋，是一个辛劳的母亲在把孩子送进睡眠之后对梦幻少女生活的眷恋，那是对可以向星星诉说失望与快乐、交流心中秘密的眷恋。实际上，我们对一种仍然保持着自然性或称之为神性的生命状态充满眷恋。我们需要有人讲述它，有人给我们以提醒和点化，犹如对一件早已模糊的往事。自然，以及在自然中诞生的人文活动，代表着一种被当代社会所遗忘的文化母体和文学创作本源。

生存的迷惑、讲述的困境，让具有强烈历史感和社会责任感的文学家引发思考，促使文学以敏锐的触角进入深层探索。生态文学应运而生。现代概念的生态文学历史并不久远，或许可以追溯到梭罗的《瓦尔登湖》等少数具有影响力的作家和作品，然而严格意义的生态文学，当是在人类面临普遍生存困境、感受到生存与发展面临巨大的生态危机与挑战的境遇中产生的。这便是我们今天所处的世界。我认为这并不是今天文学家的幸运，但它别无选择、不可逃避地成为当代文学艺术的使命。

任何试图为生态文学进行简单定义的做法都是冒险的。就生态文学诞生的条件、包含的内容、承担的使命来看，它显然有别于单纯以风物为描写对象的自然文学，也有别于寄情山水或借物言志的传统抒情文学。生态文学必然体现一种全新的美学思想，包含一种融天道和人伦为一体的世界观和方法论。生态文学需要思考的是人与自然如何才能和谐共生这个命题。文学家既是又不单纯是自然保护主义者，既是又不单纯是人本主义者。文学家要思考人在自然中的地位，也要检讨人对环境的破坏；既要警示生态对文明发展的灾难性影响，又要反省人类行为的得失。生态文学要成为人类生态文明的预言和先驱。

近年来，党和政府高度重视生态环境保护与建设，习近平新时代中国特色社会主义思想，其重要组成部分就包含了习近平生态文明思想，这一思想为我们做好生态保护，繁荣生态文学，共建美丽中国指明了方向，国家制定颁布了一系列保护草原、森林、河流以及野生动植物的法律法规。全国的自然生态环境和人民生存生活环境得到显著改善。中国生态文明建设的强劲步伐，成为世界生态文明建设的表率和推动力。这个良好态势，也为我们生态文学的发展繁荣提供了条件，奠定了基础。

江河万古流。这句话的意思是说，江河径行大地，不屈不挠，不卑不亢，穿山越岭，纵横原野，贯通古今，奔向大海，彰显着大自然无以伦比的力量与自信。同样，江河作为人类文明的缔造之源、哺育之乳、传承之脉，它的这般自然品质，也是对人类文明的绝好寓意。敬重自然，保护环境，珍惜生活，建设家园，对于文学和文学家，任重而道远。在六五环境日，在这个国家主场活动中，面向昆仑山和三江源头，我们举办“繁荣生态文学　共建美丽中国”论坛，既是一种象征，也是一个承诺。这是以文学之名对母亲河的承诺，对所有生命的承诺。

天地有大美，四时有明法，万物有成理。让我们汲取祖先的智慧，把握时代的脉搏，探索文明的未来，走进自然，感悟生活，奉献无愧于当今和历史的文学作品；让我们从三江之源出发，为共建和书写新时代的生态文学而共同努力！最后请允许我用我的短诗《深情地呼唤》来结束我的演讲：

我不会停止深情地呼唤/当大地充满生机/当时光又回到从前/让我去抚摸地球的伤口/唤醒沉默的河床/我要为生命而哭泣/让我回去吧/让我回去/尽管路途已遥远/是谁在轻唤着我的名字/让我去抚摸地球的伤口/唤醒沉默的河床/是那梦中的河流在歌唱/我不会停止呼唤/尽管我已泪水盈眶!

2021年6月5日于西宁

编写说明

波澜壮阔的生态文明建设实践，需要丰富多彩的生态文学作品感召心灵，鼓舞激励更多人投身其中。为进一步凝聚社会共识、促进公众参与，为深入打好污染防治攻坚战、共建美丽中国提供有力支撑，生态环境部宣传教育司、中国作家协会社会联络部于2020年联合主办，中国环境报社承办了“大地文心”第三届生态文学作品征文活动，希望以此为契机，推出一批践行习近平生态文明思想、反映生态环境保护实践和成效的优秀文学作品，在全社会传播生态文明思想，让人与自然和谐共生的理念更加深入人心。

本届征文活动得到了社会各界的大力支持和踊跃参与，佳作云集，题材广泛，体裁丰富，散文、小说、报告文学、诗歌、评论……在大家的笔下，既有对丰富传统生态文化的继承与发扬，也有对当前生产生活方式的反思；既有来自生态环保一线的鲜活故事，也有讴歌自然生态之美的精美文章；既有记录生态环保历程的历史厚重感，也有引领潮流之先的生活时尚。

为生动展现地方生态环境保护和生态文明建设行动，活动主办方组织作家亲历污染防治攻坚一线开展调研采风，12位作家走进四川省眉山市，聚焦当地的生态亮点、治污重点、文化看点，推动作家更深地触及环境保护之痛、环境保护之重、环境保护之责，让更多人感受到蓝天碧水背后，生态环保工作以及全社会付出的努力与奉献，也体会到“绿水青山就是金山银山”创新实践带给百姓的幸福感。

为向更多读者全景展现征文活动丰富成果，激发更多人参与生态环境保护事业的激情与动力，特将刊发于中国环境报《境界》周刊的30余篇优秀征文汇编成册，共计10万余字。

在征文活动及本书编写过程中，得到很多领导、作家和相关人员的指导和大力支持，在此一并表示衷心感谢。

参与本书编写人员包括张辉、王琳琳、张黎、陈妍凌、肖琪等。由于编者水平有限，难免有错误和不当之处，敬请广大读者批评指正。

2021年5月

目录

征文作品选登（排名不分先后）

采风作品选登（排名不分先后）

征文作品选登

（排名不分先后）

大河侧畔的倾听

● 施战军

文艺理论家、《人民文学》主编，著有《世纪末夜晚的手写》《碎时光》《爱与痛惜》《活文学之魅》等。

想不到黄河有这样的平稳安宁。我知道这肯定是我的一时之见，或叫第一印象，那么在尚无第二印象的时候，她有着我所亲爱的风度。

桥上风呼呼地横吹，无尘无影，撩扬头发，飘起衣角。风不许你瞪大了眼睛带着惊惧地下望，也不容你张大嘴巴胡言乱语，风激荡着你深邃的想象，却封住你浅薄的嘴唇，让你在秋光流荡的空气中怀着一胸灼热去细细地慢慢地望着河水如指纹一样静悄悄地聚拢着伸向远方。那是人的细腻的肤表，没有古老的褶皱，却似孩童的肚皮，光滑可人，真想跑过去亲吻一下呢。

从桥上跑到岸边，御风而行，接近黄河的刹那，明显地感到了那风拂来的温软，依然撩扬头发，飘起衣角，又分明多了几分相知的暗示。黄河的风才是柔柔的，在这柔柔的风的爱抚下，她宽容地拥抱着细细的沙粒，那可是高原的无数难以哺育的弃婴，一代又一代的孩子寄养在她的怀里，他们睡着、爬着、走着、跑着，巨大的家族和睦地漂流，不易觉察的波纹中荡漾着默默的天伦之乐。

河岸有很宽的沙滩。走上去，并不疏松，留不下足音，也难留下脚印。在靠近河水的湿润的地方，平整而坚实地显出昔日河水漫熨的痕迹。有人在这里写下许愿的话，“大河保佑×××长生不老”，我端详了许久。河水流过，那些字会被冲刷得如同从未有过，倒给我们提供了“逝者如斯”的明证。大川长生人易老，短短的生命在这条长长的河流身边诞生了多少不可名状的失落与忧愁啊！

无语凝噎的河，我加入了你的流泻；不谙世事的河，我仰卧在你的边上；坦坦荡荡的河，我倾听着你的诉说……

天空并不晴朗，云烟如粉，均匀地搽在辽阔的面皮上，缺少表情，没有色彩，无声的状态近于死寂，不如黄河那样有着令人倾心到忧伤的文静。远处，黄河两岸的薄雾里一南一北立着两座特别的山。南岸是小华山，即华不注山，奇险陡峭，为著名的古战场，细听依稀回响着齐晋鞌之战的战鼓咚咚，流血的故事点缀着黄河的沧桑。北岸是鹊山，全山由一块块巨大的石头鬼斧神工般垒成，顶峰处的巨石似鹊儿回首凝眸，灰白的天空中，它深深地伏着，仿佛在嘲笑我的卧态。

飞来一只鹰，在空中旋着旋着，忽儿一头扎下去。那里是大片白杨树，微颤的金叶好似一只只小手朝这边不停地挥动。我跳起，跑向那个迷人的景致。

白杨的树干只有碗口粗细，一棵棵直直地站着，望不到尽头。这大概是黄河侧畔最常见的去处了。

从树下往上看，树冠青盈盈的翠绿，只在外边的一层泛着水灵灵的嫩黄，更多毫无枯态的黄叶依依不舍地牵着枝条，显得健康而妩媚。风淡淡地滑过顶叶，摩挲着那些不甘沉寂的树梢。树枝间没有吹着口哨梳理羽毛的鸟儿，没有用残枝败叶搭设起来的窠臼，骄骄傲傲地，让人想到十五六岁的女孩“假小子”式的短发。自由无束的纯然烂漫的活力在林中弥散，化为树与树之间似有似无的雾气。没有蜻蜓飞舞，只有几缕游丝细细地织在树干之间，一动不动地斜挂，也许那是夏天里一只小小的蜘蛛怀着热切的期待创作的第一件艺术品，一个幼稚的可爱的梦。

脚下松暄地铺着落叶，灰褐的底色上偶有新鲜的黄叶如花在星星开放。陈叶保持着完好的形状，叶梗叶脉清清楚楚，翘着身子让小草顶着它们上升。最鲜最绿的就数这些从叶缝里探出头来的草儿了，它们以为春天到了，微乎其微却自有殊秀，对芸芸众生满怀温馨亲切的关爱。

倚在树上，我觉出了树与人之间的无限暖意。灰白的天被枝叶遮掩分割，前后左右，清清爽爽地站立着可以依靠的伙伴。

在这盛满自然形态的树林里，我移动自己的脚步，放纵自己的心情。

这自然的空气把我带回了故园，那个叫科尔沁的草海。童年的大甸上有的是无垠的草和蒲苇密密匝匝的沼泽，草丛中开着红艳艳的卷莲花，邻家的小华姐采来一束插在瓶子里，在那花影后面，背着大人，我们做“住家看狗”那种相亲的游戏。草原上的树是孤单的，就像找不到家的外地人。去年回去时，看那原上的草也变得稀疏了，哪还有卷莲花的影子？大多数的住家已迁居别处，剩下的人居然一个也不认得了。

故家依稀隐去，我的心疤似有再揭之痛，那就把纷纷飘起的心绪献给我之所爱吧！昔日火热的书信，恰似林中的叶子，落下来，不再有当年的色彩，却可以化作心血，滋润余生的想念。

我让自己像孩子那样奔跑，也盼望着一个孩子蹒跚地跑过来，紧紧抱住我的膝盖，她是我小小的女儿，我喊着她的脆生生的名字迎上去，脚步和泪水一同打响干燥的落叶，视野中，这大片树林变成一道长长的栅栏，在眼前吱吱呀呀地晃动。

黄河在几百米外的地方凝脂般地存在，在最后这一道杨树的间隙，我停住自己的步子。

我在理解卢梭的痛苦和激动，这位孤独老人散步遐思时的清高，正是仰仗着大自然的精神力量。还有屠格涅夫，这位胸怀里生长着最美丽的草原和树林的大师，似乎就在这里，与他的挚友别林斯基携手漫行，我听见一棵充满生命热情的老橡树由衷地赞美俄罗斯思想的大船：漂泊，在这些涌来的波涛，不会撼动他的根基，即使在最遥远的“漫游”里面，他仍然保持本色。伟大的灵魂。从透明的云团里，射来了沉甸甸的阳光。

林边有一片坟地，恰处于济水之阳，或多或少给我带来了对于归宿的早虑。老来的那天，我不奢求给世界留下什么。翻开随身带着的书，乔治·吉辛如是说：

> 死者，在绿荫下的寂静中，似乎对尚留在世上的人，耳语着鼓励之词：我们这样，你们也将这样，瞧瞧我们安息得多么宁静！

我家就在岸上住

● **红孩**

中国散文学会常务副会长，出版散文集《东渡东渡》《运河的桨声》、小说集《城市的海绵》，创作话剧《白鹭归来》等。曾获得中国新闻奖、冰心散文奖等。

多年前，到乌镇去采风。晚上，住在乌镇的水上人家，听着江南的小曲，竟使我多日的失眠不治而愈。我没有算过命，不知道自己是水命还是土命，反正，我一见到江河湖海就兴奋。特别是看到那些住在水边的人家，我常羡慕得不知所以然。

我的朋友应晓萍，一个五十多岁的无锡女子，前些年经营一家电器开关厂，效益一度不错。后来，一个偶然的机会，她参加了一次有关大运河的考察活动，一下把她的魂勾了去。从此，她开始把全部精力财力都投入大运河的文化保护上去，不但建了“运河之光”网站，还与我所在的报社合作创办了大运河文化专刊和大运河文化研究院。我到应总位于无锡的公司去过，在工业开发区的一座办公楼上，四周环境优美，站在楼上可以看到大运河，更能闻到太湖的气息。我问应总，您怎么对大运河这么有感情？应总说，她从小在大运河边长大。记得小时候，运河水十分清澈，人们可以在运河里洗衣，也可以用运河水淘米做饭。最不能忘记的是，每天都可以看到几十条船在运河上穿梭，有的船娘还唱渔歌呢。后来，等她长大，也就是上世纪七八十年代，运河边上开始建了工厂，随着工业废水的排放，昔日清澈的运河再也见不到了。

应总的经历使我想到，上世纪七八十年代我所在的北京郊区。我们那里总体归双桥农场管辖，位于北京东南郊，与今天的北京通州区接壤。大运河从杭州到北京通州张家湾码头，全长1700公里。而从张家湾到北京城，需经三条运粮河，即萧太后河、通惠河和坝河。在双桥农场地界，萧太后河与通惠河穿境而过。我们所谓的双桥，指的是通惠河上的杨闸和花园闸两座桥。其实，通惠河上除此之外，还有八里桥、高碑店桥等，也就是人们常说的五闸二坝。

大运河没法不包括通惠河、萧太后河和坝河。道理很简单，大运河南北纵横1700公里，其终极目的就是实现中国南北政治、经济的大融合。换句话说，就是实现从南方往北方往京城运送粮食、布匹等物资。这些年，北京提出建设“一城三带”，其中就有大运河文化产业带。在陆路为主的年代，从通州张家湾码头到京城广渠门三十几公里路程，中途必经过我祖辈所居住的村庄于家围。当年，村中是一条黄土大道，来往商贾云集，热闹非凡。中华人民共和国成立后，为了使双桥地区的旱田变为水田，北京市决定在通惠河与萧太后河之间修两条灌渠，这样种了几百年小麦、玉米的双桥地区，也可以种上水稻了。

上世纪70年代初期，我们那里的水稻还是很好吃的。许多知青都愿意用城里的机米一斤半换我们一斤的当地米。也有的人家到城里串亲戚，通常也愿意带上几十斤大米。可到了70年代末、80年代初，我们的大米就被说成是污水稻，到我们这里换大米买大米的人就逐渐少了起来。我从小在农村长大，也常到稻田里捉蜻蜓、青蛙，是亲眼看到灌溉小麦、水稻的水是怎么由清澈变为黑臭的。

我于1986年底调到农场下属的乡政府工作。我们那个乡有6个村紧邻萧太后河。河北岸三四里地，密布着电镀厂、造纸厂、铸造厂、印刷厂、皮革厂等乡镇企业，而再往西四五里地，则有北京焦化厂、印染厂、化工厂等众多市属企业。这些企业的污水废水，大都排放到了萧太后河里。刚到乡政府工作那几年，萧太后河还能养鱼，等我于九十年代离开乡政府和农场时，萧太后河已经无鱼可养。这让我父亲及当地的领导干部不得不思考，产业必须转型，如果不转，虽然暂时能解决一部分农民的就业收入问题，但从长远利益看，得不偿失。

最近十几年，随着生态环境保护意识的加强，特别是伴随着习近平总书记提出的"绿水青山就是金山银山"的理念后，当地政府推动企业进行转型，昔日污染严重的厂房，如今已经变成绿树鲜花掩映的生态公园。

2017年夏季，在一次由北京市朝阳区文联组织的采风活动中，我来到昔日工作过的乡政府所管辖的萧太后河两岸。我没想到，在市区两级政府的努力下，萧太后河完成了整体生态改造，过去臭味熏天的萧太后河如今碧波荡漾，有几十只多年不见的白鹭在湖面上自由飞翔。激动之余，我和同行的文友不由唱起了那首耳熟能详的《我的祖国》："一条大河波浪宽/风吹稻花香两岸/我家就在岸上住/听惯了艄公的号子/看惯了船上的白帆……"

更让我激动的是，几个月后，我根据萧太后河的今昔变化，创作了大型京味话剧《白鹭归来》，得到了市区领导的支持，于2018年9月在世纪剧院公演。演出那几天，容纳1500人的剧场场场爆满，看着那些熟悉的面孔，尽管我不能一一叫出他们的名字，但我知道，他们都是来自萧太后河两岸的乡亲。那一刻，我很骄傲，也很自豪，我能用自己的笔为家乡写一场戏。白鹭归来，归来的不仅是生态环境，也是一颗颗对未来生活充满希望的心。

生态文学：文学的变革与革命

● 李炳银

著名文学评论家，中国报告文学学会常务副会长。

近些年来，社会对生态文学的关注度不断提升，中国政府将生态环境优质目标一再推举，作为国家发展战略努力实施，而且成果显著，是空前的伟业。“道法自然”“天人合一”等中国传统的自然观念，如今加上坚持绿色发展等发展策略，正在为中国走向世界，追寻人类共同生命目标，提供着非常有力的理论观念支持。

可是，在我看来，生态文学的提出和它的高远指向，是一种新颖的文学目标和追寻，需要仔细深入的思考与实践追求。

传统的文学，长时间来被人们理解为是人的文学，是以个性的语言、故事、人物探析表达人的社会环境存在感受和命运的文学，是围绕着人的价值、利害、情景展开的语言叙述。但是，我对生态文学有一种新的理解：生态文学是对包含着人类在内的所有自然对象和生命表现感受的一种叙述，其包含对象和目标显然是远远广泛于传统的文学界地的。生态文学有新的展开领域与活动舞台。因此，生态文学的开启，是一次深刻的文学变革与革命。

文学之途的困惑与追寻

自从古老的诗歌开始，文学就在以各种方式努力表达着人的社会感受和理想追求。经过几千年的时间和文学表达过程之后，如今人们渐渐地发现，仅仅依赖传统的文学观念和视野，着眼人类自己感受追求范围内的内容，已经很难解释和说明身边的人与环境、与他物的矛盾困窘关系与迷茫了。特别是在人类进入二十世纪之后，剧烈频繁的战争和后来迅猛的科技进步，强烈地改变着人们感受认识世界的结论。在人类痴迷地实现着自己的文化、政治、经济、科技、军事等价值目标，甚至以近似疯狂的力量和速度呈现影响结果时，却严重忽略了对自身赖以生存生长的地球摇篮的破坏，忽略了与人类一起生存于地球上的各种具有生命的动植物所遭受的毁坏，以致发生了地球生态家园的严重危机。这个现实而严重的危机，正是传统文学的困窘之处和生态文学现象新生的时代背景，正是生态文学对传统文学以革命与变革的表现提出挑战的根源。在茫然的地方寻觅，在盘桓的地方发现，在新的方向目标下出发，这就是生态文学勃发生长的机会与能动进取的意义价值。

因此，当我们在这里谈论生态文学的时候，最先要清楚地意识和理解，生态文学，同传统的文学有很大区别，更是与传统文学中那种几乎是以人为中心而展开的历史、政治、文化、民族等局限性特点的文学表达有着质的不同。生态文学，应当是出于人类的认识感受、在全球视野仔细认真地探求地球生命如何相互依存、共生并长的途径，实现共同长远和谐发展目标的新的未来的文学。这种生态文学，是关乎地球平衡运行和地球物种整体健康、冷暖、命运的文学。只有在这样的视野下，方能够感受到她的魅力和瑰丽的身姿。

生态文学正在开始以新锐的观察思考和描述表现为文学开辟新的视阈和天地，使文学在地球大地上新鲜绽放。生态文学这种新的视阈和目标追求，是超越人类族群之间许多隔阂、分歧和缠斗之上的一种共同利益的追求，是追寻人类非常广大的地球家园福祉的理想努力。所以，在当下这个很多人只讲“不求天长地久，只求曾经拥有”“我为第一”，无边泛滥地占有及消费享受，只把自然视为提供人类生存发展机会的对象的时候，生态文学的纯粹超拔和神圣高洁品格无疑是伟大的表现。生态文学会告诉人们，在人类生存的地球上，还有比人类社会更加恒定和严酷的自然法则。而且这样的法则是人类依赖自身的科学努力无法违背和改变的。人类的科学始终在前行的路上，但它永远在自然的法则当中。

回望大地母亲的忏悔与觉醒

“人类只有一个地球。”这是人们在意识到地球存在危机之后发出的深情呼喊。地球不只属于人类。中国古老哲学中就有老子的“天地不仁，以万物为刍狗”、庄子的“天地与我并生，而万物与我为一”的深刻认识。可惜的是，伴随着人们心智的开启，欲望的增强，贪念的浓烈，慢慢地，人们开始相信“优胜劣汰”“丛林法则”“人定胜天”“改造自然”等的一些观念法则，以人为万物“灵长”，然后向万物宣战。

人本来只不过是宇宙间一粒尘埃，是自然中的一种微小的存在。可是，人类在飞速发展的科学理论和技术手段下，日益无限度地迷恋发展，对地球的掠夺和对其他生命的毁损几近疯狂。在万物为我使用的观念和不断创新的科学技术手段伴随下，人们对于人类的自然化存在近乎遗忘，不断地蔑视自然给予人类的强大庇护的神圣作用价值，漂浮于自以为强大和无穷的理性虚空，无视自然法则，以为科学可以面对一切，与地球大地的间隔距离对立愈来愈大了。当人类向自然的索取毫无休止、欲壑难填时，大自然也是有承受极限的。自然也有难以违背的规则。当一次次或许是因为人类造孽而导致的生态灾难降临的时候，这也许就是大自然的反应。所幸，一些真正富有高远理性和伟大情怀的人们，开始意识到了大地母亲的恩惠和人类对她的伤害，开始回望、忏悔和觉醒了。

或许是物极必反的原因，尽管中国很早有很超迈的自然观思想，如老子、庄子等的许多深刻见识，也曾经有像《诗经》，像唐代王维、柳宗元及后来各代很多融入自然山水的诗文作品，表达人与自然和谐相处的欢愉美妙情形等。但生态文学的观念却是来自现代科学技术相对发达的美国这样的国家。被认为是生态文学先驱的美国作家梭罗和他的《瓦尔登湖》、利奥波德的《一只鸽子的纪念碑》、蕾切尔·卡逊的《寂静的春天》等作家作品及其倡议的观念方向，被认为是生态文学主张开始的标志性人物和作品。

梭罗告别躁动喧闹的都市，在瓦尔登湖畔追求最大接近自然生活的体验和感受；利奥波德因对一个候鸽物种的消逝感到遗憾和悲戚；卡逊在感受因为大量使用杀虫剂而导致许多虫鸟死亡、消失，本该生动热闹的春天变得寂静而哀伤。等等这些，都是在呼唤人们回望大地和自然的诚挚心音，令人感动。这些看来似乎是传统社会另类的行动和认识，在多年形成的人们与大地自然相处情形中开辟出新路径，为生态文学创作的旗帜标识了新的理念和疆域。

尽管人们如今已经踏足过月球，也对木星等星球展开探析。但是在可以预见的时间内，地球依然是唯一适宜人类生存的地方。地球大地也是唯一可以以自己的环境、气候、水分、物产等养育人类的家园。所以，地球的命运就是人类的命运，大地的怀抱就是母亲的怀抱。在经历了太多的远离、淡忘乃至伤害之后，人类是该放下狂妄和傲慢，知趣地依附到地球大地母亲身边了。

为了这样的回望和依附，人类需要自省和自觉地收敛自己的贪婪欲望，需要平等友善地对待地球其他生命的存在及其权利，需要相互在广大长久的地球自然家园和睦共生。即使各种生命为了自己的生存与其他生命种群之间存在着争夺厮杀，但也必须切实地遵守合乎自然的法则，防止强制和极端。以强凌弱、竭泽而渔的结果是道德伦理的丧失和对平等规则的破坏，最后会打破平衡陷于灾难。不管人类相互之间现存着多少纷争和对立，但在神圣的自然世界面前，需要统一的认识与合作共济的态度。为了我们大家的未来，生态文学的提出和开展，恰是人们觉醒的开始和不断延伸拓展走向未来这条道路的很好方式。

“逆行者”的慧敏与收获

生态文学的意识和观念实践，显然还处在一个初始的发展阶段，梭罗、利奥波德、卡逊等人的开拓之功至伟。但当生态文学这种文学现象逐渐地被人们在不断接触的环境灾难中认识感悟的时候，这样的文学主张和追求就像投石入水之后，迅速生波荡漾开来了，力量抵达到世界各地，以及很多作家的心间。中国很早就有“天人合一”的哲学思想，有像《山海经》这样涉及自然的神话记录，也有像《徐霞客游记》这样有关山川河流人文风物的考察记等，但这些内容都与如今的生态文学伦理主张和目标有很大的区别。

当代公众的生态环境意识观念似乎是在1980年代前后明显起来的。生态文学创作也伴随着这样的观念开始出现了。这期间，最初在报告文学创作中有分明的表现。徐刚的《伐木者，醒来！》及他后来的《守望家园》《大森林》等很多作品，既是中国生态文学的先声实践，也奠定了他作为著名生态作家的坚实基础。此后有岳非丘的《只有一条长江》，杨兆兴的《沙坡头·世界奇迹》，邢军纪、曹岩的《北中国的太阳》，陈桂棣的《淮河的警告》，何建明的《共和国告急》，李青松的

《遥远的虎啸》《共和国：退耕还林》《塞罕坝时间》《把自然还给自然》，肖亦农的《毛乌素绿色传奇》，梁衡的《树梢上的中国》，古岳的《冻土笔记》等等报告文学作家作品，都不断努力地在为中国的生态文学添加浓厚靓丽成色。这些作品涉及自然生态环境的各种领域，呼吁人们提高生态环保意识，艰苦奋斗，努力开创建设，与不同的毁坏行为进行斗争，张扬了文明科学进取的模范人物的社会生活观念和行为。作家在创作中显示出的时代使命和担当精神令人感动。

像徐刚、李青松作品所体现的激情诗意和个性形象特点，都是厚重和灵动丰盈的独特存在。在文学创作中仔细观察感受自然生活，或从不同题材角度和文体形式表现出一定生态文学特点的作家，还有像哲夫、叶多多、王国平等报告文学作家，也有像张炜的《九月寓言》、姜戎的《狼图腾》、艾平的《包·哈斯三回科右中旗》等小说家及其作品，有像刘亮程、鲍尔吉·原野、李娟等这样细腻记述自然风貌、表现独特细腻感悟的散文作家等等。

诚然，中国现今的生态文学现状，似乎还更多处于呼唤人们树立与自然共生，收敛一己物质欲望，切实保护生态环境的阶段，比较现场直观传输，还缺乏更加深远精湛的追求思考表达，但这种在传统文学创作道路上的“逆行者”身份作用价值，还是被人们十分肯定和认可。生态文学似乎不能够简单地等同书写生态灾难，譬如不少作家面对地震、洪水和像当前的疫情的书写，这中间尽管会有很多的密切关系，但生态文学恐怕不会这样简单。在我看来，生态文学似乎应当是人类在哲学认识论上的修正改变，是人类跳出自身中心藩篱，主动调整已有成法，是融合大自然法则的新的伦理建设和行动出发，是在努力适应自然生存法则下追求自然延伸的自觉和寻找、遵循的定律等。

生态文学“逆行者”的道路上，会存在风险和经历曲折。因为，他（她）不仅要与传统的文学发生区别，更会与几千年来人们逐渐形成和习惯了的认识行为产生分歧，面对的将是非常沉重和悠久的历史负担。要人们放弃以人为中心的社会观念，要人放下身段平等地善待其他所有生命，希望人改变自己的生命愉悦等实在是不易。但人们必须有自我否定的自觉和勇气，有遵从自然规律的积极选择。生态文学作家作为“逆行者”，为了包括人类在内的所有自然生命的福祉前途，保护地球家园并持续提供发展延续条件，必须以自己合理善意的文学阐释，说服人们改变错误观念，放弃私欲、约束自己。生态文学的使命和承担崇高壮伟，期望前行的道路上天人感应，互为因果。

海子曾在诗中写道：

灵魂啊，不要躲开大地

不要躲开大地上的尘土

生态文学应当是生长和成就于广袤大地的绿色大树、森林、草地，在天地间婆娑铺展成美丽的风景。

一条河，叫疏勒河

● 郭雪波

著名作家，蒙古族，著有长篇小说《锡林河的女神》《火宅》《沦丧》《大漠狼孩》《狐啸》，中篇小说集《沙狼》，中短篇小说集《沙狐》等。

一条河，默默地流淌，向西，向西，一直向西。

当高高的祁连山刚克尔雪峰主脉，入春夏后卸下厚厚的皑皑雪装，更显年轻雄伟时，那些融化的雪水就汩汩流淌，唱着欢快的歌，朝四周的山外溢出，延伸荡涤，浩浩荡荡。祁连山西端的分流，则于托来山形成的两山盆地中聚集一片大湖泽，名曰：疏勒淖尔。随着融化雪水的继续不断涌入、扩张，这片湖泽渐渐兜不住了，一条河便挣脱开牢笼，向北方冲泻而去。

它的名字就叫，疏勒河。

刀砍斧削一样生生劈开大山，形成百里疏勒峡谷，通过昌马盆地，再流经肃北蒙古族人和裕固族人的草原牧场之后，这条河就拐向西方，从此一直向西，向西。中途汇合党河（蒙古语党金果勒的简称，肥沃河之意）等，几股汇合，一条大河向西流，浩荡滚滚，流过瓜州，敦煌，玉门关，灌入哈拉淖尔，就是现在的敦煌西湖自然保护区。古时由此继续往西，一直流进一百公里远处的塔里木盆地的罗布淖尔以及库木塔格大漠边缘。

疏勒，蒙古语与东裕固语的词意为威严、威风、高尊。另有一种蒙古语考证，疏勒是“西拉”即黄色这词的变化音。其实蒙古语中“疏勒”还有一种意思，指肥羊汤。不过，我还是觉得第一种解释比较靠谱。这条河具有足够的威严和威风，流经600多公里，奔流在河西走廊最西端，成为中国三大内陆河之一，威名远扬，高尊可敬。

一条河，就是一部历史。尤其在这北纬三十九度上。

它，记录着人类在其沿岸繁衍生息的古老痕迹。水是生命之源，疏勒河沿岸留有四千多年前的新石器时期人类先民活动的遗址，古名叫籍端水。据说，当年唐玄奘从瓜州一路走来路经此地渡此河，由“胡人”带路并告知河名，惧怕妖人捉去吃肉的唐僧提心吊胆，慌忙中却把河名记录成“瓠舻河”。

疏勒河，流进哈拉淖尔，形成茫茫沼泽湿地。哈拉之意为黑色，因土质矿物质和水深之故，沼泽地黑乎乎一片而得名。

如今改名曰：甘肃敦煌西湖国家级自然保护区。

我们天蒙蒙亮就从阿克塞县城赶赴这里，两个小时后，终于抵达。

时间紧迫，直奔保护区玉门关站。目的也明确，见识野马，那个被盗名标注的“普氏野马”。

越野车开进一望无际的盐碱滩，散发着令人眼晕的白色和黄色。

在那苍茫野滩上，不见任何野生动物，更不见野马的踪迹。

我们车上坐着一位中年男人，有一张风吹日晒后的黑红脸庞，不胖不瘦的中等身材也显得很健壮，看得出是一位长年在野外作业的工作人员。一开始他没怎么开口，陪我们来采访的林草局卞韬坐在另一辆车上，无人向我们介绍他的身份，大家都显得拘谨，在矜持着。

我心里想，也许我们只是一天的短暂采访，给人误会成跟旅游观光差不多吧，一天里能感受或捕捉些什么呢？走马观花的匆匆过客而已。我自己感到有些惭愧，不好意思。

同行的作家华北老弟，终究不甘寂寞，他正与这位矜持的男士坐在后排，毕竟要展开工作完成采访，便主动攀谈起来。其实那人很谦和，打开话头后发现还很健谈，但不喜欢自己正在说话时被人打断。有一次我心急，插话询问何时能看到普氏野马时，他并不理睬，继续顾自向华北介绍着西湖湿地的来龙去脉，那时车正在开进湿地。

我心里暗笑，此人很自尊，也很自信。他这种个性，我倒很欣赏。从他们聊天中得知，他叫孙志成，是保护区科研站科长，高级工程师，这可与他风吹日晒的外表完全不符。

车开进了一片芦苇荡，沿着坑洼不平的沼泽地上一条已变干硬的旧路行进。车窗外两旁，一人多高的芦苇十分茂密，白色的穗儿在风中摇摆起伏，飞扬婀娜，很是壮观，不时飞起野禽或是觅食孵卵的燕雀，是我们惊扰了人家的安宁。车又通过很大一片的柽柳丛林，一窝子一窝子的，抽着粉红色的花穗随风摇曳，散发出清香，把这块面积不小的沼泽地打扮得火红火红，瑰丽无比。

“这片沼泽地，就是当年哈拉淖尔的核心地带。”

孙科长指着窗外，带着浓厚的甘肃敦煌口音这样说道。

“沼泽地，不见水呀？”华北忍不住问道。

“早就没有水了，平时只靠老天雨水和地下水位上升保留着湿地特色，面积也不大，有点积水的沼泽地在北面更低洼些的地方，车开不进去。”

“不是有那条著名的疏勒河，流进这片哈拉淖尔的吗？”

我也忍不住问一句。

“疏勒河？断水有年头了，两百多年了吧，呵呵。”

啊？怎么回事？我一头雾水，一脸茫然。

孙科长欲言又止，和蔼地看了看我，似乎原谅了我对疏勒河现状以及对敦煌一带生态状况的无知，脸上有一丝不易察觉的苦笑。

“郭老师，我们互加个微信吧，我把疏勒河跟普氏野马的资料一同发给您，几句话说不清啊。”孙科长说得很客气，我们立即互加了微信。

湿地低洼没有信号，我只好等待。

离开了小片沼泽地，车开上了一片开阔地，又回到茫茫无际的黄白色盐碱滩上。附近有三四座连成一片的黄土小山包，光秃秃的寸草不长，上边有一拨人站在那里，比比划划。孙科长笑着介绍，是保护管理局领导正陪着市领导在实地考察，了解野马保护和繁殖情况。“好事，领导重视就是好事，我们是缺水又缺资金啊。”

我们此时处的土台子上，立有一座石碑，上书：野马故里。背后有碑文，引经据典，颇有文采。司机说，碑文出自孙科长之手。我对这位孙科长更加刮目相看了。可惜手机还是没有信号，收不到他发的资料。

孙科长招呼我们坐上车离开这里，他说，带你们先去参观一下汉长城遗址，还有烽燧吧，就在前边不远，然后再领你们去寻找野马踪迹。

我们顿时兴奋，欢笑。

在一片平阔的荒滩上，逶迤而去一条高凸地面的土脊梁，很长很长望不到头，这就是汉武帝时修建的长城遗迹。史籍记载，汉武帝为抗御匈奴，联络西域各国，隔绝羌、胡，开辟东西交通，在河西列四郡据两关，分段修筑障塞烽燧。王莽末年，西域断绝，关闭玉门关，汉塞长城随之废弃。到了东汉初，西域大道北移，敦煌的后坑以西的塞墙再未复建。敦煌一带的汉代障塞烽燧，一直沿用至魏晋时期。东晋以后逐渐废弃，鲜为人知。

长城沿线，每隔十里筑有烽隧一座，“十里一大墩，五里一小墩”。每座烽隧都有戍卒把守，遇有敌情，白天煨烟，夜晚举火，点燃报警，传递消息，所燃起的烟火三十里外都能看得到。

敦煌一带现存烽隧80多座，玉门关西湖一带保存得最为完整。其用黄胶土夯筑而成，或用天然板土和石块夹红柳、胡杨枝垒筑而成，有时还用土坯夹芦苇砌筑而成。烽隧一般都高7米以上，顶部四边筑有女墙，形成一间小屋，主要作用是举火报警传递消息，以防外敌的骚扰和入侵，同时也为丝绸之路上往来的使者商队们补充给养，提供一些帮助。

抬眼遥望不远处的一座烽燧，伫立在荒野的狂风中傲然挺立着，两千多年来仍没有彻底垮塌，内心中忍不住对古人的劳动智慧肃然起敬，也感慨万分。中华各部族之间历史上发生的战争与和平、烽火与交融、互动与发展，不断创造出了五千年的灿烂文明，这在整个人类历史上是罕见的发展史。

我沿着汉塞遗址的土脊漫步、思考，突然萌生出一股“念天地之悠悠，独怆然而涕下”的感慨。

正这时，手机发出丁零一声响。孙科长的文件来了。

第一篇文字是介绍疏勒河的，题目叫《追逐大河西流的梦》。

出乎我意料的是，这并不是简单的干巴巴资料，而是一篇美文，一篇颇有意味的散文，2000多字。然后我又在手机上搜索有关资料。

疏勒河，原来是一条苦难的河。

当初，它从祁连山母亲怀抱里脱离北上，如一匹脱缰的野马，独自闯世界，何等的豪迈，何等的威风八面。一路北上，然后向西，滋润了两岸无数生灵，一直连接到著名的罗布淖尔，描绘出600多公里绿色长镜头，那时候是何等的勇敢，何等的壮美。

然而，你好比一位仁慈的母亲，沿路嗷嗷待哺等候你喂养的饥渴的孩子，太多太多了，大西北太贫瘠太缺水了。据史料记载，数千年来有人文记录开始，它曾遭受过4次河水萎缩过程，最严重的一次莫过于唐代时发生的库木塔格沙漠南侵哈拉奇一带，横刀夺爱，流沙阻断了它与罗布泊的连接。失去疏勒河注水的罗布泊，由此开始了漫长的荒漠化进程，美丽的楼兰国消失了，那里改叫“塔克拉玛干沙漠”，意思为“进去出不来的死亡大漠”。

而后到了清雍正期间，这位马背皇帝居然在缺水干旱的大西北河西走廊尽头搞起了边疆农业，开辟了敦煌党河一带绿洲，大量移民开垦土地，建水坝浇农田，完全截流了疏勒河第一支流党河，从此疏勒河也中断了向下游哈拉淖尔一带的供水。由此，继罗布淖尔之后，第二个大湖泽哈拉淖尔也干涸了，没有水了。

到了上世纪中叶，又大兴水利，疏勒河中游昌马盆地建起大坝，修建双塔水库，疏勒河就基本上彻底断流了。从瓜州段北口子开始，下游成了无水之河，留下曲曲弯弯茫茫无际的黄色干河床。

因疏勒河的节节败退，使得敦煌段间歇性河道尾闾一带西湖（哈拉淖尔）湿地大面积消失和沙化、盐渍化。孙科长的《追逐大河西流的梦》中记述：

上百千米河道甩给了沙漠，艾山井、呲牙井以及河谷湿地永久性消失。与库木塔格接壤的哈拉奇全部裸露出湖底，大部分被流沙淹没，现存面积达980平方千米的湿地大部分名存实亡。而哈拉奇北侧更多的是疏勒河古道在地质时期留下来的冲湖积台地，如今成了雅丹地貌，这是疏勒河留给这片土地的唯一遗产。在来自库木塔格和黑戈壁方向强劲的风蚀下，整个罗布泊相连地区呈现出荒不着边的荒漠景观。

任凭风沙日夜肆虐，在大自然的威逼中演绎着可怕的变迁。孙科长描述得十分悲壮。

啊，疏勒河，你犹如一位没有奶水的年迈老母亲一样，委顿萎靡在那里，日日夜夜地哭泣，哀哀戚戚地哭泣。你仰天长啸，追问苍天，追问母体祁连山，为什么会是这样？仁慈的祁连山啊，难道你不能多多化些雪水给这些嗷嗷待哺饥渴难忍的可怜的孩子们吗？

祁连山白头翁无语，沉默。岂不知，地球变暖，南美丛林大面积消失，人类排放无限，地球正演变南凉北暖气象，他老翁上身的雪线冰川早已消退到不足原先一半了，雪线快退到顶部山峰了。最高的海拔5900米的古老刚克尔雪峰，也在那里无奈地叹气，狂风中摇头。

这就是一条河，疏勒河的故事。一部苦难史。

当然，人世间的事，总是物极必反。人类早晚会觉醒，会大彻大悟。

人类总能找出自己部族的领路者，先知先觉者。

疏勒河和黑河中上游的大小水坝、水库，以及围啃祁连山的数百家大小矿场开始整顿迁徙，解放疏勒河、黑河，向干涸的巴丹吉林沙漠、居延海和库木塔格沙漠罗布泊开闸放水，浇灌那里干涸了上百年的荒漠大地，必须降服这两条恶魔般的大沙龙才行。

孙科长的美文《追逐大河西流的梦》，就记述了他们考察疏勒河的供水已抵达库木塔格沙漠边缘哈拉奇湖的一段经历，讴歌令人振奋无比的新时代创举。

苦难的疏勒河，正在复活。

悲壮的疏勒河，重新变成有生命的大河。

飞鸟相与还绿岛

● **陈果**

巴金文学院签约作家。作品散见于《人民日报》《光明日报》《中国作家》等报纸杂志，著有《天梯之上》等多部报告文学作品。

鸟岛

一座绿岛，接连起雅安新老城区，名为熊猫绿岛。得名“熊猫”，只因雅安是全世界第一只大熊猫科学发现地、大熊猫国家公园核心区。

罗向冰包抄半个绿岛，靠近目的地。还没下车，远远就听到鸳鸯“欢欢，欢欢”的叫声。往前走，左手边是一片滩涂。只见一只白额雁慢吞吞散步，两只苍鹭在水草间觅食。再往前，伸长脖子、扑打翅膀或者“嘎嘎”叫着问候他的，有黑颈鸊鷉、黄苇鳽、蓝翡翠、秋沙鸭。最萌的是一群雪白身子坐在绯红大长腿上的黑翅长脚鹬，刚才应该是在争食田螺或是什么虫子，自觉吃相难看，又舍不得轻易便宜了别人，莫不是忸怩之态。

前方水草丰茂、芦苇葳蕤，大本营到了。前脚刚跨进去，就听坐在不远处玻璃小屋露台上的罗相文提高了嗓门说，“来得早不如来得巧，你这节奏踩得好。”

罗相文是罗向冰的弟弟，也是他的员工。罗相文正一脸兴奋，目不转睛地盯着手机琢磨：这玩意儿究竟会是啥呢？

当然是一只鸟，一只头部蓝灰色，翅膀敛起时红白相间、张开却如一团烈火的小鸟。罗向冰也没见过。这团“火焰”闪闪烁烁在江堤上跳跃，让他激动得不行。

“很可能是‘505’。”罗相文的脸上是掩饰不住的得意。第一次在雅安被记录到的鸟，罗向冰都会给它编号建档，现在已经编到504号了。

“如果是‘505’，你又是缺牙巴咬虱子！”罗向冰笑着在弟弟后背一拍，“哪儿‘逮’到的，带我看看。”

小屋背靠江堤，屋前是道两米宽的排水沟，防腐木露台比水沟略宽。屋侧有架钢梯，只九阶梯步便到了堤面。

很少有人站在这里打量这座城市。左边是周公河紧贴熊猫绿岛滑入青衣江，对岸是顺江岸向东延展的新城，体量虽说不上大，也还有些规模，加上天清地宁，枕山藉水，看起来倒也别致。脚底下，相隔不过十米，卧着一个小岛。小岛很小，不足一亩。市民们很少留意这个角落。而真正的鸟岛原来在这里。

罗相文指着小岛右前方说，“疑似‘505’，就在那儿。”

目光落在罗相文所指之处，再收回来，罗向冰有些恼：“大清早你就眼花了，密密麻麻那一片，全是赤麻鸭。”

“你再看看？”罗相文不惊不诧。

耐住性子，罗向冰一边拿目光睃巡，一边像网络主播般念叨：“水里游的是骨顶鸡，启动‘后置发动机’往岸边走的是凤头䴙䴘，立在䴙䴘旁边石头上晾晒翅膀的是野鸬鹚，芦苇荡里打打闹闹的一听就是秋沙鸭，刚刚飞回来的是金眶鸻……哪里来的‘505’？”

罗相文“扑哧”笑了：“原先在那里，后来跑了嘛，可是被镜头拍到了，‘505’就赖不掉了。”

“鸟叔”

有人叫他画家，有人叫他罗总，有人叫他会长，罗向冰嫌这些都不受听：就不能文艺点么？“鸟叔”多好！

曾经，“鸟叔”心上也长着翅膀。16岁那年打背包离开天全县范家山上的老家，他冲着“画家”名头去闯江湖。边打工边追梦，罗向冰瘦小的身影由东到北，自北而南。记不清是在多少次失败之后，他的作品成功打入全国美展。名气增叠，找他画画的越来越多，他为一家全国有名的杂志画插图，一画十年。

正画得顺手，他突然改了主意，回到雅安，开起文化公司。生意开门红，发展节节高。得心应手才三天，他又不安分了：岁月静好，没点业余爱好也不好。

2015年，雅安市鸟类保护协会挂牌，半推半就，罗向冰当了会长。一开始，当会长也是“遛鸟”心态。真正感到肩上担子重起来，是因为他对鸟的关注越来越多、理解越来越深：雅安生长着绿尾虹雉等10种国家一级重点保护鸟类，白鹇等52种国家二级保护鸟类以及斑尾榛鸡等29种中国特有鸟类。这仅仅是因为家乡生态卓越，恰巧又处于全球八大候鸟迁徙通道之一的东亚—澳大利亚迁徙线上，还是因为外部环境恶化，鸟们才不得已过境或落户川西？这个问题还没厘清，市林业部门发来“英雄帖”——作为全国首批生态文明先行示范区，雅安要先行一步，在市区大兴电站库区和桃花岛湿地公园设立24小时鸟类保护观测点，希望“鸟协”担此重任。

2018年4月1日，市政府专题会议召开不过3天，罗向冰踏上“鸟岛”。外人不知，此时的罗向冰也是折翼之鸟。生意的小船说翻就翻，公司经营遭受重创，他正纠结是不是重返南方，二次创业。

上岛，他只是去散散心。眼前所见却让他下了决心。岛上，一串刨钩，数张鸟网，三十多个鸟夹，堪比他在生意场上的险礁暗滩、明枪暗箭。当一只被鸟夹咬断小脚的青脚鹬映入眼帘，他仿佛看到了自己被撕裂的伤口。

回到家，他对妻子郭玉平说，前半辈子我都忙着追名逐利，现在，请你支持我，让我留下来。人这一生太短，一辈子活在名利场，跟笼中鸟有何区别？

清除岛上私搭乱建、重重机关，清运建渣和生活垃圾，“鸟协”工作得到林业、水利、生态环境、城管、公安多方支持，“鸟叔”的心开始热乎起来。安装漂浮木，订制投食船，他忙得脚不沾地。大堤外侧，政府划定的“保护区”内，罗向冰树起栅栏，建起小屋，安排员工值守，确保无缝衔接。

罗相文不由犯了迷糊，这只赔不赚的活儿你还接它干嘛？

典型穷折腾！罗向冰说得神秘：好处大了，只是你没看见。他意在护鸟，弟弟却领会岔了，一时心下发紧：莫非想打鸟的主意？罗向冰瞪大了眼睛冲弟弟说：别说鸟了，少根鸟毛，跟你没完！

“鸟叔”常常住在“鸟屋”。这天凌晨两点，玻璃门上“格格”响着，像是有人敲门，原来是两只赤麻鸭站在露台，冲他直嚷嚷。

前两天，罗相文在水渠以东岸边上发现一窝鸭蛋。知道赤麻鸭进产房了，紧挨露台，罗向冰找人用一张铁网为它们筑起第二道防线。看清是赤麻鸭夫妇，他心里的弦被人拨了一下——这么晚跑来道谢，太客气了不是？

见他把门打开，蹲下身子，两夫妇往后退了两步，嚷得更大声了。

谢谢，晓得你们说的是谢谢。举手之劳，不谢不谢，赶快回家吧，要是被窝冷了，宝宝们可不开心。

嘎嘎嘎嘎！

喜欢雅安？我也喜欢。安家雅安，眼光不错。……

说到口干蹲到脚麻，赤麻鸭还在喋喋不休，“鸟叔”不免有些生气：要是再无理取闹，看我不打110！

嘎嘎嘎嘎！

鸭子“扑通”跳进水中，不断拿嘴去啄铁丝网。

“鸟叔”一拍脑袋，好心办坏事了——准是嫌铁丝网挡了“航道”，它们过来找我讲理。

整改，明天一早就改。

次日天刚亮，工人在铁丝网上切出一米高的凹面。人刚撤走，赤麻鸭就上了“跑道”，练习起降。它们高兴得一边抖擞翅膀一边连声欢叫：安逸，安逸。

鸭子开怀了，“鸟叔”心结却没有解开。他老在想，要是鸳鸯能变成留鸟，它们少了奔波劳苦，雅安多出盎然生趣，这多么好。想当年，要是漂泊的城市有个窝，要是孩子入学不坎坷，自己兴许也成了“留鸟”。

想来想去，罗向冰决定试试。鸳鸯营巢于水边树洞，可岛上6棵麻柳树树龄都只几十年，自然没有树洞。他就骑着电瓶车，到处收罗香杉老料。防潮防虫的木料多，为啥非要香杉？“鸟叔”答，鸳鸯爱美，免费给它打香水。

铺了锯末的香杉木窝巢挂在麻柳树上，向阳，透风，180度江景。罗向冰唠叨着：冲着五星级保姆，你们也该留下来呀。

“鸟叔”的话，鸟们定是听见了。不光麻柳树上55个窝没一个闲着，他安放在芦苇荡中的黑砂土坛，也很快有赤麻鸭当了新家。

惊喜出现在2019年4月19日。这天，破壳而出的14只小鸳鸯成功跳巢，鸳戏小岛东，鸯戏小岛西。“自然环境下的繁殖数量，这窝鸳鸯破了全国纪录。”这句话，是中科院著名鸟类学家何芬奇后来所说。

可笑容还没挂稳，下游就放了水，水位一落两米。小鸳鸯缺吃少喝，接连夭折。见鸳鸯妈哭得伤心，“鸟叔”内疚无比。

鸳鸯是家人，岛上居民都是家人。罗向冰以协会名义向市政府提交紧急报告，与此同时，他建起5平方米、80平方米水池各一口，作为小鸳鸯的“托儿所”和“中小学”。玻璃小屋前三百米水渠则是它们的“大学”和“实习基地”，里面还养了鱼和虾，保证“营养餐”定时供应。

为鸟，“鸟叔”是拼了命了。一天夜里，江水消落，水沟和池塘跟着见了底，二十多只鸳鸯像炕上的孩子被揭了棉被。事也凑巧，备用水泵被淤泥堵塞，提不上来水。不顾江深浪急，“鸟叔”潜到5米深的水下排除故障。连续“裸潜”严重透支体力，若非当晚值班的吕培学及时帮助，那天晚上，罗向冰很可能爬不上7米高的堤坝。

血还热着的人不会后悔。鸟们也善解人意，60多只小鸳鸯长大后没有飞走。与它们和它们的父辈一起留下的候鸟，还有游隼、雀鹰、金眶鸻、斑嘴鸭……

喜讯不断传来。市里做出决定，由市水利局斥资百万改造和加固鸟岛，通过加建保水蓄水堤坝，让岛上幼鸟有虫鱼可捕、有水可喝。

鸟趣

到水里救助雏鸟不是件容易的事。没有船，罗向冰就把两只汽车轮胎捆在一起当船。小鸳鸯一下河就会游泳会潜水，不等“鸟叔”近身早没了踪影。情急之下，“鸟协”会员罗开跳进河里围追堵截。鸳鸯妈误把救兵当敌军，一哭二闹三上吊，又是在河滩上打滚，又是拿头撞地。直到在大坝另侧见孩子们衣食无忧，一个比一个活得滋润，这才转怒为喜。

可怜天下父母心。有两只小鸳鸯刚进“托儿所”时不吃不喝，找“鸟叔”讲过理的赤麻鸭才不管是不是别人家的孩子，教它们捕食教它们飞，一俟有空，还把它们驮在背上东游西逛，像赶庙会。娃们刚进入社会，“夫妻俩”又做了志愿者。一只红嘴鸥受伤后被罗相文救了回来，它俩寸步不离守在身边，比护工还尽心。

一来二去，鸟和人的关系越来越铁。遇到水位低落，罗相文会通过搭在小岛与大坝间的便桥给鸟们送去鱼虾、泥鳅、稻谷、玉米。安全距离从30米到3米再到“零”，每一次的靠近都是罗相文的开心时刻。最幸福的时光是池鹭用嘴扯他的裤脚，或是鸳鸯轻啄他的手心，他仿佛得了口头表扬：今儿伙食巴适，谢了伙计。

没有要紧事，“鸟叔”不会上岛，作为玻璃小屋“常驻大使”的罗相文也尽量不去打扰它们。望远镜却是须臾不离身，它们的一举一动，他得尽在掌握。

镜头里的画面充满生趣。那只潜鸭也太鬼了，邻居埋头建房时它偷偷摸摸，人家回过身来，它立马又做出一本正经的样子。鸳鸯颜值高，脾气却也暴躁。两位男士不知怎么就动了手。女士们先还用力把自家那口子往边上拉，眼看拦不住，索性也大打出手。打着打着却又莫名其妙握手言和，女同志就是讲究，非要自家先生去河边把污泥洗掉，把散乱的发型重新梳好。最有意思的是，鸳鸯雏鸟刚跳巢，一只斑头鸺鹠就钻了进去，死乞白赖不出来，后来才弄清楚，人家原也是十月怀胎，等待一朝分娩。

遇到这样的时刻，罗相文就要动相机了。他的摄影技术连同价值5万元的专业相机都是杨杰提供。“鸟协”会员杨杰说，鸟岛是头号要塞，值得拿“重兵看守”。

杨杰热衷摄影已十年，专注于头顶这片天空，却是在“鸟协”成立以后。尤其鸟岛现身，让他猛然意识到，诗和远方，原来都近在眼前。

2018年11月29日，一小群前额和头顶呈黑褐色，长着两束橘红冠羽的大鸟进入杨杰的取景器中。照片发到群里，有人说，不会是角鸊鷉吧？毕业于森林资源保护专业的殷后盛第一个站出来质疑：在国内，角鸊鷉种群数量极为稀少，越冬也该在东南方向。2012，他和刘祯祥曾在天全县城厢镇拍到过一只，估计是迁徙途中体力不支，短暂停留。认真比对后，殷后盛愉快地否定了自己。不速之客次年6月还没走，它们营巢的视频，又一次引起轰动。

发现何止于此。国内仅有角鸊鷉、凤头鸊鷉、赤颈鸊鷉、黑颈鸊鷉、小鸊鷉5个鸊鷉鸟种，而它们，无一例外都在岛上现身。

“鸟协”50多号会员，“追鸟者”不在少数。人多镜头多，收获也多：快门响过五百多声后，叉尾太阳鸟被刘安清晰定格；60年前曾在成都露过一面，之后在四川范围内再无影踪的白额雁钻进了呼延凯的眼睛；殷后盛、刘祯祥不仅同时拍到蒙古沙雀，填补了四川记录空白，还拍到了一度被宣布国内绝迹的彩鹮；2019年3月，118只黑颈鹤结队飞过二郎山的面画，也被沈尤等人抓了个正着……

初次听到“鸟叔”编号建档了504种鸟，何芬奇还以为这是在开玩笑——就种类总数来说，这可是超过全国1/3、四川2/3了。登临鸟岛，这位阅鸟无数的鸟类学家激动不已：一个不大的城市角落栖居着超过120种鸟，二级以上国宝超过300只，真是难以置信。

罗向冰和伙伴们爱鸟追鸟护鸟，并借以放声高呼——善良的人啊，请将心比心，高抬贵手，给鸟们留下“半米家园”。让我们和鸟成为永远的朋友，让我们在彼此眼里看到碧水蓝天。

罗向冰救助过的池鹭又飞了回来，而且带着老婆孩子。“鸟叔”心头一热：它是想说，走得再远，心里也记挂着我们。

罗向冰起先不相信鸟有语言，但两年里先后有十多只受伤或生病的鸟来岛上求助，有更多的鸟来岛上栖居，改变了他的看法。如果不会说话，它们怎么知道这里，又怎么找到这里?

面对鸟儿，最让罗向冰按捺不下的是这句话：有人爱你们飞翔的姿态，有人爱你们婉转的啼鸣，有人爱你们漂亮的羽毛，而我把你们当作——另一个自己。

生态文学蓬勃的早晨

● 李青松

生态文学作家。毕业于中国政法大学法律系。长期从事生态文学研究与创作。代表作品有《开国林垦部长》《遥远的虎啸》《万物笔记》《哈拉哈河》《一匹穿山甲》《猕猴桃传奇》《粒粒饱满》《一种精神》《茶油时代》《大地伦理》《薇甘菊：外来物种入侵中国》等。曾获新中国六十年全国优秀中短篇报告文学奖、徐迟报告文学奖、北京文学奖、呀诺达生态文学奖。

年轮是岁月的影像，也是时代的印痕。在推进生态文明建设的新时代，生态文学的年轮清晰而饱满。生态文学是以自觉的生态意识反映人与自然关系的文学，强调人对自然的敬畏和尊重，强调人的责任和担当。虽然生态问题催生了生态文学，但是生态文学却是关于美的文学。

无疑，新时代有许多重要的标志性特征。但无论如何，有两个重要特征是不能忽略的：一个是“绿”，一个是“美”。“绿”是指发展方式和生活方式，而“美”则是强国的奋进目标。就生态文学而言，这里的“美”，不光是对绿水青山的诗意描述，它更意味着，新时代的一切都应该是“美”的——无论是大地、江河、空气、食物，还是人的思想和灵魂。

生态不等于自然，但是，没有自然就没有生态。生态是指一切生物的存在的状态，以及生物与生物之间、生物与周围环境之间环环相扣的关系。而生态文学是随着生态问题不断出现而产生的一个文学门类，所以，生态文学带有强烈的忧患意识，具有唤起人类警醒的意义。

上世纪八九十年代，在生态问题日益严峻、甚至危及人的生存的背景下，我国涌现出了一批生态文学作品，状如井喷，或许，那就是中国生态文学的发端吧。如徐刚的《伐木者，醒来！》、沙青的《北京失去平衡》、陈桂棣的《淮河的警告》、郭雪波的《沙狐》、乌热尔图的《七叉犄角的公鹿》、姜戎的《狼图腾》，等等。文学追求什么呢？我不得而知。然而，我却隐隐约约地觉得，“美”——应该是生态文学追求的至高境界吧。因为，生态文学不仅仅是描述人与自然的关系是怎样的，而且还描述人与自然的关系应该是怎样的。

党的十八大以来，党和政府高度重视生态文明建设，绿色发展成为了时代的主题。何谓绿色发展？绿色发展就是以效率、和谐、可持续为目标的经济增长和社会发展方式。绿色发展对任性的、蛮横的发展说不，对掠夺性的、以牺牲生态为代价的发展说不。绿色发展是在环境容量和资源承载力约束条件下，将生态保护作为可持续发展重要支柱的发展理念和发展模式。

人类对自然的伤害最终都伤及了人类自身，这是无法抗拒的规律。生态系统是人类可持续发展的基础。地球上约有32亿人遭受着土地退化、河水污染和生态系统濒临崩溃的威胁。地球正面临着两个可怕的危机——其一，气候危机；其二，生态危机。怎样才能避免危机呢？也许，光靠技术手段无法解决气候变化问题，何况，一个问题解决之后，另一个问题又会产生。森林是陆地生态系统的主体，森林及其各种生物之间产生的关系，支撑着陆地生态链。所以，最可靠的办法，就是保护和恢复森林。国土空间按照生产空间、生活空间和生态空间的定位，划出特定的生态功能区，实行山水林田湖草沙统筹协调，综合治理。不搞大开发，共抓大保护，把自然还给自然。

正是基于这样的认识，国家先后实施了三北防护林工程、天然林保护工程、退耕还林工程、湿地保护工程、江河治理工程、蓝天保卫战，以及以国家公园为主体的自然保护地体系建设等重大项目，从根本上改变了我国生态状况，使神州大地的面貌和姿态持续提升，也使美丽中国的气质和品质越来越好。

“文脉与国脉相牵，文运与国运相连。”回眸和梳理新时代文学创作情况，我们欣喜地看到，此间，生态文学日渐成为一种独特的文学现象，生态文学创作愈加活跃和兴盛，产生了一批有影响的作品和代表性的作家。梁衡的《树梢上的中国》、何建明的《那山，那水》、韩少功的《山南水北》、徐刚的《大森林》《守望家园》《地球传》、李青松的《穿山甲》《把自然还给自然》《塞罕坝时间》、刘醒龙的《上上长江》、阿来的《三只虫草》、李娟的《遥远的向日葵地》、李成才的《影响世界的中国植物》、杨文丰的《病盆景》、肖亦农的《毛乌素的绿色传奇》、胡冬林的《狐狸的微笑》、哲夫的《水土中国》、舒志钢的《野马风云》等作品，分别从不同的角度，记录了这个绿色发展的时代，呈现了人与自然新的关系，生动诠释了“绿水青山就是金山银山”的生态文明理念。

如果说，21世纪前，人类关注的是“对自然的改造”，那么，21世纪后，人类更多地转向了“对人自身的改造”。

是的，在改造自身的过程中，通过推动生态文明建设，我们调整了人与自然的关系、人与社会的关系、人与自己的关系。

生态文学所持的生态整体观——大地完整性——即不把人类作为自然界的中心，不把人类的利益作为价值判断的终极尺度，这并不意味生态文学蔑视或反人类。恰恰相反，生态的整体利益是人类的根本利益和最高价值。人类只有放弃或者矫正一些糟糕的行为，不把自己作为自然的主宰，才有可能逐渐远离生态危机。

生态文学主张，人应当过一种从容不迫的生活，同时去感受生命的教诲，在简约中体味生活的意义。生态文学与穷奢极欲逆向而驰，它从生态问题中来，到人的灵魂里去。我们终于认识到，人与自然的关系不再是抗争与征服，而是一种融入与回归。我们终于认识到，人与自然是生命的共同体，应该尊重自然，顺应自然，保护自然。——这是人，之所以为人的使命和责任。文学，是人学，而生态文学，则是生命万物之关系学。

生态文学不图热闹，远离喧嚣，也无意追逐物质层面的繁盛，它注重的是生命内在的丰沛和高贵。现代生活制造着垃圾，制造着污染，也制造着浮躁、焦虑和惶恐。生态文学恰恰是提醒我们，永远不要为了目的而忘了初衷。要适当慢下来，稳下来，要时常回头看看来处，要时常想想我们为什么出发。“却顾所来径，苍苍横翠微”，春夏秋冬，四时有序，山水不可颠倒，阴阳不可错乱。虽然生态文学不能直接改变生态状况，但改变人们的思维和观念，甚至改变人们的生产方式和生活方式，则是完全可能的。

近些年，生态文学之所以呈现蓬勃的生长态势，与主流媒体和相关刊物及网站的助推密不可分。《人民日报》“大地”副刊、《光明日报》“光明文化周末”作品版、《文艺报》副刊、“学习强国”“中国作家网”，以及《人民文学》《中国作家》《北京文学》《大地文学》《绿叶》《黄河》《广西文学》等刊物，不吝版面倾力推出“生态文学”主题的作品，为繁荣生态文学创作起到了强力助推作用。需要特别提及的是《人民文学》杂志社在2019年岁末，专门出版了一本生态文学增刊，汇集了刘醒龙、阿来、王必胜、冯艺、黄国辉、黄咏梅、任林举等30余位作家的生态文学作品，在文坛乃至社会上产生了积极的影响。

同生态文学创作相比，生态文学理论研究和翻译评介更为绚丽多姿。首都经贸大学、北京林业大学、苏州大学、山东大学、兰州交通大学等高校的专家学者对生态文学的研究，取得丰硕成果。程虹、施战军、李炳银、鲁枢元、李朝全、张鹏、朱明东、李乐明等或有专著，或有撰述。特别是程虹女士，长期从事美国生态文学的研究和翻译工作，美国生态文学经典名作《醒来的森林》《低吟的荒野》《遥远的房屋》《心灵的慰藉》，都是她翻译并介绍到中国来的，她曾获得首届呀诺达生态文学奖。

还有一些学术和理论研究刊物对生态文学研究也给予了特别关注。如《中国当代文学研究》《当代作家评论》《鄱阳湖学刊》《东吴学术》《环境教育》《创作评谭》等。各地以生态文学为主题的文学活动异常活跃。广东观音山原本不是什么名山，但是，近年来，通过与《人民文学》杂志社合作，不断推出生态文学创作活动，逐渐闻名遐迩。“生态文学”已经成为了观音山的一张文化名片。

如果说中国代表着文化，那么美国则代表着自然。

说到生态文学，当然绕不过美国的代表性作家爱默生。他的第一部作品就叫《论自然》，也有版本翻译成《自然论》。他指出“自然是精神之象征”——通过“认识自然，认识自我”。可以说，爱默生确立了美国生态文学永恒的主题。梭罗深受爱默生的影响，在瓦尔登湖岸边生活了两年零两个月零两天，写出了名篇《瓦尔登湖》。梭罗则被视为美国文化的偶像，他也是美国最有影响力的生态文学作家，他的《瓦尔登湖》在10本构成美国人性格的书里位居榜首。

在中国，早期生态文学的表达方式一般以第一人称为主，文学形式以报告文学和散文居多。报告文学诸如徐刚写沙漠化和环境问题的《穿越风沙线》（杜宽，徐刚主编）、《中国：

另一种危机》，岳非丘写长江污染问题的《只有一条长江》和邢军纪、曹岩写三北防护林建设的《北中国的太阳》等，可谓是第一人称表达的范例。散文诸如苇岸写华北大平原上动物、植物及农事活动的《大地上的事情》等影响深远。

近年来，小说和儿童文学也佳作不断。长篇小说有周建新写人与海的《老滩》、陈应松写森林的《森林沉默》，中篇小说有老藤写生态变迁的《青山在》。儿童文学中陆梅写海岛的《无尽夏》、汤素兰写自然圣洁的《犇向绿心》、黑鹤写动物的《黑焰》《银狐》等等，也都可圈可点。

而在国外，生态文学的文学形式以散文随笔较为突出，也有小说和报告文学。美国梭罗的《瓦尔登湖》《种子的信仰》，缪尔的《夏日走过山间》《等鹿来》，巴勒斯的《醒来的森林》等作品，多为散文随笔；法国米什莱的《山》《鸟》《海》《虫》等作品也是散文随笔，而加拿大莫厄特的《被捕杀的困鲸》《与狼共舞》等作品多为报告文学，西顿的《我所知道的野生动物》等作品则多是小说了。

生态文学的特征是什么？通过研究作家的创作活动和作品，不难发现，生态文学的一个重要特征，就是强调它的位置感——作者所处的生存位置或者空间状态——那种置身自然中的身体和精神的体验和感受，在作品中是必须呈现和表达的。

或许，可以这样说，作家对人与自然关系的认识以及那种独特的体验和感受，正是生态文学与一般意义文学的不同之处。

在大地和生命的意义上，生态文学任重道远。无论是生态文学创作还是生态文学研究，都应该摒弃某种固有的价值观，在更深刻的层面理解人与自然的关系。尽管目前的中国的生态文学创作和研究出现了可喜的气象，但也只是刚刚起步，而同时我们也不得不面对全球生存状况继续恶化及生态灾难频发这一现实。对于生态文学作家和研究者来说，或许会感到缺少洞察、体验和激情，以及如何更好地表达。如此，生态文学还有更艰难的路要走。

午夜猎味

● 叱狼

原名王欣，现居江苏省苏州市，复旦大学环境工程硕士，《中国环境报》特约评论员，江苏省作协会员，散文集《雪是暖的》入选“吉林省全民阅读活动民生读本”，《像对待领导一样对待父亲》《民工父亲的秘密》等十余篇文章入选多地中考语文试题。

“你们到底找到原因没有？昨天半夜，刺鼻的味道又飘来啦，呛得睡不着啊……每次打电话向你们反映，你们总说，在查在查，到底查到什么时候？你们给个准话！”打电话的是住在福来新村的吴老伯。近两个星期，这是他第3次拨打“12369

环境信访举报热线”了。听得出来，他的怨气越来越重了，口气也越来越生硬了。

电话这头，何鸣虎的心里也越发五味杂陈。

近几年，全县强力推进污染防治攻坚战，环境质量持续明显改善，群众环境信访量也逐年下降，尤其今年以来，与上年度相比，下降率超过了20%。

何鸣虎负责环境信访调查处理工作已经五六年了。他觉得，当前虽然还没有达到群众对环境质量交口称赞的地步，不过从另一个角度看，环境信访量减少了，说明群众对环境的认可度在提高。然而，近期福来新村环境信访量竟然骤增，让何鸣虎倍感揪心。

一

上星期，何鸣虎带着科室的马霖，又喊上福来新村所在镇的环保办负责人张晓颉，曾去福来新村周边调查过，并没发现可疑的废气扰民线索。

福来新村南面有三家规模较大的公司，一家是塑胶企业，两家是电子厂，这些企业都已配备了RTO等高效废气处理设施，而且排放口已安装了在线监控设备，如果出现超标排放，生态环境部门早就查处了。此外，虽然《挥发性有机物无组织排放控制标准》[1]今年7月1日才实施，不过去年年底，这些企业就已对照标准，主动落实了整治措施。前两天，县环境监测站还对厂界环境监测过，污染物浓度都在限值以下。

这天，何鸣虎和马霖、张晓颉再次碰头，专题研判。他们分析，这三家企业多年没有环境违法记录，环境信用评价等级为绿色，而且他们的生产经营效益逐年增长，无论从哪个角度说，犯不着故意偷排废气，否则得不偿失呀。

那么信访问题究竟出在哪里了呢？

张晓颉抖搂了一个“重大线索”：“这事儿，我琢磨好久了，是恶意举报！保准是！”

何鸣虎和马霖一头雾水。

“这些企业为了和周边居民搞好关系，每年都给福来新村居民送些水果、年货之类的，虽然去年也送了，不过我听说，个别居民觉得企业有点儿小气……”张晓颉一脸神秘。

“难道去年送少了？”

“倒也不少，我了解下来，每家比往年多了一箱橙子呢。”

“那不应该不满意呀。恶意举报？不可能吧！”

“这些企业经营效益很红火，说不准有的居民想着‘水涨

---

①《挥发性有机物无组织排放控制标准》（GB 37822—2019）于2019年7月1日实施。

船高’，年货自然也要……”

以往，何鸣虎确实遇到过恶意举报，但这次，他不太认同张晓颉的推理，不过还是打算验证一下。

多年前，何鸣虎曾谈过一个女朋友，她家就住在福来新村，虽然后来分道扬镳了，不过彼此仍保持着不错的朋友关系。

何鸣虎拨通了前女友电话，简要地说明来龙去脉，并请她帮忙：私底下打探一下，福来新村的群众是否有恶意举报之嫌。

前女友说，虽然已搬离福来新村，不过那个动迁小区还住着不少亲戚和老街坊，可以从侧面问问。

当天晚上，前女友就回电话了。她很肯定地说：“没有恶意举报！我问了堂姑、二叔还有表弟，下半夜的确偶尔会有刺鼻的异味，说不准哪天晚上会出现，有时气味重些，有时隐隐约约能闻得出来，通常会持续半小时样子。”

夜里，何鸣虎辗转难眠。前几天，驻镇环境执法中队曾专门组织人员连续两晚开展夜查，也没有发现可疑之处。那么污染问题究竟出在哪里了呢？

二

事不宜迟，何鸣虎决定明天晚上亲自去排查异味来源。毕竟早一天查清楚了，把问题根治了，附近群众就早一天摆脱异味之扰。

次日夜里11时，他们三人集合出发了。到达福来新村附近后，他们摇下车窗，把车子开得很慢，如果有异味，可以马上嗅到。马霖坐在副驾驶位置，打开手持式废气快速检测仪，把采样探头伸到窗外。然而，他们在三家企业周边转了两圈，一无所获。

他们商量，以福来新村为中心，扩大摸排范围。福来新村的北面和东面是连片的稻田，水稻长势良好，显然不可能产生废气。只有西面，靠近苏家村，有一个规模不大的村级工业园。

沿着黑灯瞎火的村间小路，他们驾车前去。园区里静悄悄，一家机械加工企业的灯还亮着，四五名工人，正在清点产品，分类装箱。

何鸣虎走进去，东瞧瞧西看看，又向稍胖的工人打听："师傅啊，近期有没有闻到刺鼻子的气味？尤其晚上。"

对方停下手里的活儿，斜着头想了想，说："没太在意。"

何鸣虎转身离开时，小胡子工人说："新搬来一家生产铁皮柜的，有时候有点儿油漆味，就在最里面……"他戴着沾满黑色油污的手套，朝着工业园的尽头指了指。

何鸣虎立刻敏感起来，打开手机上的手电筒功能，快步流星奔向铁皮柜生产企业。

透过大铁门的门缝，只见里面有半个篮球场大小，灯火通明，七八个工人正热火朝天地忙碌着。马霖把快速监测仪探头伸进去，数字很快跳到了十几。

当铁门笨拙地缓缓推开时，迎面一阵呛鼻的油漆味。里面的喷漆间未密闭，呈半开放状态。他们沿着废气收集管道爬上楼顶，竟没有治理设施，也就是说废气有收集没治理，直接排放了……见此情景，何鸣虎气愤不已，不过转念又一阵窃喜：这应该就是被屡屡举报的异味来源，压在心底的石头总算落地了。

何鸣虎要求这家作坊立即停止涉及废气排放的作业活动，天亮后将派员依法处理。

走出这家小作坊，已是凌晨四点钟了，虽然辛苦，但取得这样的“硬核”战果，大伙心情格外舒畅。然而，返回路上，马霖的一番话，又让何鸣虎心堵了。“信访举报的污染源应该不是这里，这里的喷漆废气不足以飘出两三里，而且这个工业园距离苏家村比福来新村近多了，为啥苏家村没有老百姓投诉异味呢？”

马霖的分析有理有据，大家面面相觑，又沉默了。

三

接下来两天，举报热线未曾接到福来新村的投诉电话，第三天晚上，却来了三四个。

前一天，那个生产铁皮柜的小作坊已依法关停，福来新村的异味显然不是源于它。这也印证了马霖的分析。

张晓颉仍然怀疑恶意举报，建议让企业给福来新村居民再送些心意，息事宁人。何鸣虎不同意，企业主动表达心意，促进与附近居民的关系，那是企业自发行为，我们无权要求或干涉。

何鸣虎认定仍有污染源未被排查出来，不过如何排查呢？一时间，大家都犯了难。

那天，何鸣虎反复回听热线电话录音，其中有人在举报时，情绪激动地说了一句“不信你们来我们这儿住住，试试能不能受得了？”这话启发了何鸣虎。虽然异味出现时间飘忽不定，有些诡异，但都集中在后半夜。干脆去福来新村住上一些时日，看看究竟怎么回事。

说干就干。在新村最南面，有一户人家闲置了一套空房，他们住了进去。这栋楼房靠近三家企业，楼上楼下的人家都曾打过举报热线电话。

房子颇为陈旧，家什都搬空了，仅有水龙头和电插头，其中有几扇窗户也已破碎，好在不是暑夏和寒冬，否则根本没法住。他们从同事那里借来两张简易的行军床，从家里带来被褥、暖水瓶和洗漱用品，又买来两个灯泡装上去。

何鸣虎跟马霖、张晓頔商量：后半夜轮流值班，另外两人和衣而睡，一旦闻到异味或者监测发现废气污染，要在最短时间内跑去排查。

连续四个晚上，平安无事，他们没有闻到废气异味，举报热线也没有接到福来新村的投诉。他们白天忙于工作，晚上在家里吃了饭，再大老远赶来值班，都感到有些疲惫。

“看看，哪有什么异味，我估摸着，恶意举报的可能性很大。”张晓頔有点儿情绪化。

“新村的人知道咱们住进来了，有可能觉得蒙不了咱们……所以就不敢举报了，嘿嘿。”马霖也嬉笑着搭话说。

“先前福来新村的投诉记录，也有间隔三四天没举报的呀，耐住性子，大不了咱们住上半个月，不管啥情况，兔子尾巴总归会露出来吧？”何鸣虎态度坚定。

第五天晚上，何鸣虎睡得迷迷糊糊，正值班的张晓頔突然大叫起来，“快！快！快起来！确实有味儿！”

何鸣虎和马霖一骨碌爬起来，马霖拱着鼻子闻了闻，断言：“这是塑胶热加工产生的气味，还混合了胶黏剂，应该是那家橡塑公司产生的。”何鸣虎也点点头，表示认同。

他们匆忙驾车直奔橡塑公司，路上，异味时断时续、时轻时重。工夫不大，到达了厂门口，眺望生产作业区，一团漆黑，而且已闻不到明显异味了。何鸣虎心里不禁泛起了嘀咕：没生产啊，怎么会突然有味道呢？该不会搞错了吧。

他们向门卫出示执法证，门卫揉揉惺忪的眼睛，先是诧异地打量着他们，又皱起眉头说：“你们早来半小时，还有人，现在夜班工人也都走完了，里面没人啦！”

是啊，没有生产了，进去检查什么呢？能查到什么呢？何鸣虎心里也打起了退堂鼓，不过他决定还是进去看看，说不准会有什么蛛丝马迹呢？

四

在安保负责人的引领下，他们先查看了危险废物贮存仓库，门窗密闭严实，即便有溶剂废桶存放在里面，气味也不可能飘出来。再去检查废气治理设施，已经停止运行了，不过仍有一阵阵或浓或淡的异味。何鸣虎呼吸了两口，直觉告诉他：群众信访的污染来源就在这里。

马霖挠挠头，自言自语地说：“在线数据显示，排放口都是达标的呀，而且刚刚校准过在线设备……下班了，这里怎么还有异味呢？”

张晓颉这回不提“恶意举报”了，不过他感到费解的是，为啥在新村里闻到的气味比这里重呢？

偌大的厂区，他们又摸黑兜兜转转，没有发现其他可疑线索。最后，他们又回到废气治理设施旁边。何鸣虎沉思了好长时间，突然用力拍了拍马霖的肩膀，说：“应该是这套废气治理设施停机时间出了问题。”

马霖也恍然大悟，“对对对，应该就是这个问题，我咋没想到呢。”

张晓颉虽然在镇环保办干了很多年，但毕竟不是环保专业出身，相对具体的环保业务往往似懂非懂，于是他赶紧插话问：“停机时间？啥问题？咋回事？”

马霖轻咳了两声说：“生产线停了，但废气治理设施不能立刻就停，要继续运行至少30分钟以上，让生产线上的残留废气处理干净啊，不然，这些废气岂不逃逸出来，四处乱飘？”

何鸣虎说：“福来新村的信访举报断断续续，估计跟每天风向有关，如果朝着福来新村吹，那里的居民很可能会闻到，风小、气压低，污染团扩散慢了，气味还会比较重……”

张晓颉连声“噢”着，思索了片刻，又转过身问企业安保负责人：“生产线上的工人几点下班的？”

“每天加班时间长短不一样，今天是凌晨1点下班的。”

“负责废气治理设施的师傅几点下班呢？”张晓颉追问。

“其他工人快走完时，我看到他也骑着电动车出厂门了。”

安保负责人话音刚落，张晓颉没好气地丢下一句：“简直胡闹！”

基本情况调查清楚了，后续处理只能交环境监察大队跟进了。返回路上，异味已消散殆尽，杨柳风吹面不寒，汽车音响里飘出舒缓的音乐，何鸣虎觉得这音乐不够来劲，播放铿锵有力的，或者干脆停下车，冲着蒙蒙夜色，吼上几句，才更痛快……

白天上班后，环境监察大队派员去橡塑公司进一步调查。原来负责废气治理设施的师傅是新来的，虽然参加过专业培训，懂得设施的运行维护，但对于停机时间，他掌握得不够准确，看生产线停了，也就把治理设施停了下来，没想到竟惹出如此多的麻烦。鉴于企业并非主观故意，执法人员依法开具了责令立行立改通知书。

废气扰民问题彻底解决了，来自福来新村的举报电话自然也没有了。这天，何鸣虎接到前女友电话：“我顺路回新村了，都夸你们做事认真，竟然住进新村解决群众的问题。”

“那是必须！这是关系群众生活的大事儿！”他故意在“大”字上加了重音，随后又压低声音，半开玩笑地说：“况且你家亲戚不是还住在那里嘛。”

“哟哟哟，这还让我搭上人情呀，想得够美哦……当年咋没看出来你这么能耐，说不定我就不舍得分手了。”前女友诙谐地调侃着，电话两端爽朗地笑起来。

生命的羁绊：人与鹿不了缘

● **陈剑萍**

国家林业和草原局野生动植物保护司一级调研员，中国报告文学学会会员，中国散文学会会员，中国现代文学馆义务讲解员。

毛毛是我在2018年岁末认识的。

2019年10月底，我在四川省雅安市出差，遇到了四川省唐家河国家级自然保护区的巡护员马文虎。简单寒暄过后，我急着问起了唐家河保护区水池坪保护站朋友们的近况。

“陈万里好吗？毛毛好吗？”

“万里还好，毛毛走了。”

“毛毛走了，回山里去了吗？”

“不是，是死了。”文虎兄的声音低了，神情黯然，眼里分明有泪滴。

“怎么会呢？我去年见时还好好的啊！”

“毛毛太老了……”

一下午，我都愣怔在那里。

毛冠鹿，小型鹿科动物，因额头处耸立的黑色长毛而得名。草食性，喜食蔷薇科、百合科和杜鹃花科的植物，有时会进入农田偷食玉米苗、大豆叶、薯类和花生叶等。

毛冠鹿性情温和，感官敏锐，听觉和嗅觉较发达，遇到危险时会立刻用前蹄不断发出警示，同时竖起白色尾扇，做好随时逃跑的准备。逃跑时，尾巴高高翘起，内侧白毛仿佛是扯起的“白旗”，十分显眼。

它们不喜欢潮湿，多栖居在山区的丘陵地带，或繁茂的竹林、竹阔混交林及茅草坡等地。春天以后多在较高的山上避暑，冬天则下到低山朝阳处避寒。

初见

2018年年末，我去向往已久的唐家河国家级自然保护区参加其成立40周年的活动。这个保护区是以大熊猫、金丝猴、扭角羚及其栖息地为主要保护对象的森林生态类自然保护区，为岷山山系大熊猫主要栖息地的重要组成部分，被世界自然基金会划定为A级自然保护区，被誉为“天然基因库”“生命家园”“绿色明珠”。

活动结束的当天下午，大约是3点钟光景，保护区的老主任鲜方海开车陪我去保护区下设的六个保护站之一——深山里的水池坪保护站。

进山路上精彩极了。远远看见沿河公路对面陡峭的山坡上，两个家族的扭角羚在向山上稀疏的林间慢慢地攀行；两只红腹锦鸡慢悠悠地在河床边的草地上啄食草籽和小虫；远处缓坡上有三两只小麂在埋头吃草；而一只威武的黑色藏酋猴竟虎视眈眈地蹲在公路边护栏的水泥立柱上，伸出右前爪向人要吃的。

鲜主任提醒我们，千万不要开窗，“我们是老熟人了，但你们不行，它会抓人的。”

“还会遇见什么呢？”我心中暗想。

车子继续沿着山路上行，不多一会儿，海拔1524米的水池坪保护站到了。一个精精神神、瘦瘦高高、戴着一副黑框眼镜的人向我们走来，他就是保护站站长陈万里。他说平时这里有6名工作人员，偶尔有来实习的大学生。

天色将晚，我虽然穿着厚厚的羽绒服但仍感觉阴冷，隔着公路，还有20多米宽的河床，大家在院坝里观察着对面八佛岩山上的动静，三三两两地聊着天。

马文虎说，八佛岩山上有野生板栗、水橡树、栓皮栎，还有山核桃、野樱桃、桦树和一些常绿的落叶阔叶林。

冬日里，树叶凋零，冥冥间我感觉好像会有什么特殊的事情要发生。

不一会儿，对面山坡上有一个小黑点在向下方移动。文虎可是有着2.0的超强视力的人，他小声地对我说："注意啊！有动物下山了。"

我屏住呼吸，紧张得大气都不敢喘一口。只见小黑点越来越大，越来越近，不一会儿，竟然趟过院坝前枯水期的河床，闪进了大门。

它是什么动物？好像是一头灰黑色的小鹿，大约有一米长，八十公分高。"好漂亮呀！"我小声惊呼道。

保护站的同事都已是它的老朋友，但发现了我这个生人，它远远地站定。陈万里迎上去用右手轻轻地抚摸它的脊背，来水池坪实习有段时间的西华师范大学研究生白泇璐则转身去了厨房，手里拿着半棵有些蔫了的青白菜，轻轻地掰下最外层的一叶菜帮，走过去半蹲下，递给了这只小鹿，稍远处的马文虎则不失时机地用镜头记录下了这一幕。

看我仍然是害怕的模样，万里走过来自豪地对我说："它是毛毛，我们保护站的小朋友。”

“它没有角，也没有花斑点，是小鹿吗？”我问。

“它是毛冠鹿，确实没有角，是只雌鹿。”

毛毛嘴里吃着菜帮，四蹄偶尔动着。我不敢靠前，站在稍远处看着它。

“你可以喂喂毛毛的。”文虎兄说。

我接过浉璐递给我的几片嫩绿的菜叶，还是担心毛毛踢着我，慢慢地靠近它，它不理不睬，好像还摇了摇头。过了一会儿，它向前稍稍挪了一步，看来还是难舍美味的菜叶。

我们互相打量着对方，我慢慢地弯下腰，静静地等，尽量把手臂伸得够长，把菜叶缓缓地递到毛毛的嘴边，它看了看，抬起嘴巴，一张口直接叼到嘴里，咯吱咯吱地嚼着，一叶，一叶，又一叶，看我没有敌意，才离我更近了些。

文虎说：“你把菜叶再慢慢地递给毛毛，我给你抓拍一张。”

暮霭四合前，山里的气温更低了，太阳忽然露了一脸，阳光照在我和毛毛身上，光晕柔柔，心意暖暖。后来，这张照片成了我的电脑屏保。

驾到

毛毛是何时来到水池坪保护站的呢？

大概是在2014年的深秋。有一天文虎和同事巡山回来，看见院坝外来了一只毛冠鹿，身姿挺拔，毛色有些灰黑。但它并不进院里来，只远远地看着，保护站的同事也不去打扰它。

几天以后，毛冠鹿见没有人打扰它，开始慢慢地进到保护站的院坝里。或许是嗅到了厨房蔬菜的清新气味，有几天，它就在厨房门口转悠。

一天傍晚，马文虎巡山回来，恰看见这一幕。他就半掩着门，故意躲在厨房门后面，手里拿着一根菜叶，从门边上慢慢地递出去。

毛毛眨了眨眼睛，转转头，没有看到人影，伸头张嘴一下子叼着了菜叶，轻轻一拉，从文虎的手中拽走了。它嚼着，像人一样咂摸着滋味，吃完了还意犹未尽，再伸头向门里面望。见没有再给它，就快快地走了。

第二天傍晚，毛毛又来了，它徘徊在保护站的院坝上，试探着。就这样过了大概一个月，它渐渐和站上的同事们熟悉起来，谁喂它都欣然接受。毕竟蔬菜的鲜嫩程度要远远高于深秋的草根。

夏天，野草茂盛的时候，毛毛一般十几天才来一次。“毛毛，毛毛”，保护站的同事这样叫它，它仿佛听懂了，有时候逗它故意不给吃的，它会像小孩子一样蹭着、黏着、围着人转，“嘶嘶”地叫着，它太想吃到喜欢的菜叶了。

去年秋天的一个傍晚，文虎巡山回来，发现远处高高低低的灌木丛中有动物，一看是毛毛。那一刻光线和角度正好，他赶紧把镜头调好想拍它，不料却见一只黄喉貂正“蹑手蹑脚”地移过来。文虎担心黄喉貂攻击毛毛，站在那里大气也不敢喘一声。毛毛大概也发现了危险，一动不动地卧着。就这样，僵持了有半个多小时，黄喉貂一看没什么机会，悻悻地走了。毛毛安全了，文虎才放心地回到保护站。

弱肉强食，这本是大自然环环相扣的生物链。文虎不知道那天自己一直守着毛毛，是对还是错。但在他心里，是温暖的。

这些年，唐家河国家级自然保护区的保护工作做得越来越好，新发现了欧陆水獭的存在，但有多少只毛冠鹿，还没有做过本底调查。

文虎告诉我，去年夏天，他在一次巡山时见到27只动物，其中毛冠鹿有15只。毛冠鹿很胆小，也很温柔，成年鹿几乎没有天敌，但在很久远的以前，它的天敌有豺、狼、金钱豹，更久远的时候还有老虎。未成年小鹿的天敌是黄喉貂或者是金雕。它跑得很快，会很机警地左右躲避。

“毛毛做过妈妈吗？”我问文虎。

“五年前，毛毛来的时候是孤身一人。那时候，不知道它是否做过妈妈。不过几年前我有一次见到它带着一只幼小的毛冠鹿，大概有毛毛1/3大小，屁颠屁颠地跟着毛毛，但是我们也不知道是不是它的孩子。后来我们还见到毛毛带过来三只雄鹿，或许是它的朋友吧。它那时老了，已经没有生育能力了。”

尾声

毛毛走的时候大概十四五岁。那是2019年4月份，一个阴冷的下午。保护站的工作人员第二天出去巡山时，看见院坝对面一块半突出的石头下面静静地卧着毛毛，一动不动，上前摸摸，它已经冻僵了。

2019年11月底，我再次到访水池坪保护站，特意向万里打听毛毛最后的情况，“毛毛的终老和它的牙齿有关。我们对毛毛的尸体进行了检查，没有发现问题。”

“对于毛毛的结局我们是有思想准备的。生老病死，总会有这么一天，自然界的生存法则就是这样。”

不过毛毛毕竟和保护站的人断断续续相处了五年多，尤其是在它生命的最后五年里，它与大家和谐相处亲如一家，度过了生命最后的欢快时光。它的离去，让很多人感到怅然。

“你说毛毛走了吗？”文虎问我，又好像是自言自语，“到现在我还时有恍惚，前天我开车走到保护站那边，还忍不住把车刹了一脚，不自觉地想看看经常在那周围出现的毛毛。”文虎说。

毛毛虽然与我交往不深，但上天让我和毛毛有了一点交集，也让我有了对毛毛无法淡去的怀念。

毛毛最终被埋在水池坪保护站对面的山脚下。

天高地远。它回归了自然，回到了大地母亲的怀抱。

儿子去哪了

● **陈体益**

供职于浙江省嘉兴市文化广电旅游局。

这里是浙北的一个港口。面朝大海，春暖花开，和海子说的也差不离。

发展的浪潮翻滚过每一片中华大地，小渔村就是那奔涌的后浪，一座现代化港口新区傲然挺立在东海之滨。

在闻老太的眼中，许许多多不认识的大物件一夜之间就在家门口耸立起来，一根根粗大的管道好比人体的血管，将养分运送到各个“器官”，让庞大的工业机体日复一日地有序运作。而让闻老太最为欣喜的，是儿子不用再出海谋生了，穿上了工服摇身一变成了产业工人，收入稳定，不用再看天吃饭。

闻老太每天的任务就是想方设法给儿子做好吃的，做儿子爱吃的菜，让儿子补好身体安心工作，攒钱讨个好媳妇。她天天盼着能早点抱上一个大胖孙子。

现在渔村变成了小城市，大楼多了，道路也宽了，还沿山建起了漂亮的公园。闻老太也赶起时髦，跟着一班老姐妹每晚到公园里跳跳广场舞，嘿，感觉年轻了十来岁，生活越过越有味。

可是近段时间，老太太有点闷闷不乐，整天愁眉苦脸的，让姐妹们深感不安。这到底是咋回事呢？一天，舞蹈队队长张大姐特意烧了好菜请闻老太咪点老酒，而且是老太太最爱的沈荡老酒。

酒过三巡，菜过五味，终于打开话匣子。原来闻老太最近的闹心事是来自儿子。

老太太说，儿子平常最喜欢吃她做的菜了，除了加班外，只要一下班肯定准点回来吃晚饭。看着儿子吃得津津有味的样子，老太太心里别提有多开心了。

自从老太太的丈夫因一次海难离世之后，儿子就是她唯一的心头宝贝，特别是儿子彻底告别了捕鱼生计，她终于从丧夫的阴影中走出。可是最近这些日子，儿子好久没有回家吃晚饭了，每晚就打个电话说要加班，直到很晚才回家。咱也不了解他的工作，儿子到底去哪了呢？

张大姐听完，思索了一下道：老姐姐，您也别担心。咱们这样，挑个晚上我和您一起去他厂子里看看，他到底在干啥？亲眼所见，您不就放心了呀。闻老太欣然答应——“我就说嘛，还是队长脑子活，就定明晚，咱俩一起去探个究竟，看看小子在整啥幺蛾子。”

话说，转眼就到了第二天晚上，闻老太和张大姐结伴来到儿子工作的企业。现代化的工厂果然不一样，偌大的厂区花团锦簇，一切都井然有序，一点都不像印象中的工厂。她俩也不进去，在大门口悄悄地观察。一首《回家》的萨克斯旋律响起，工人们陆续从车间出来。

闻老太眼尖，一眼就发现了人群中的儿子，她连忙招呼张大姐躲到偏僻处。只见闻老太的儿子和几个伙伴在食堂匆匆吃了几口饭，就套上一件黄马甲，戴上安全帽，拿起文件夹，急匆匆地往外赶。闻老太两人也急忙跟上他们，张大姐说，咱俩是不是“悄悄地进村，打枪的不要”，把闻老太给逗乐了。

两人保持一定的距离，跟在他们一行人的后面。这些穿着黄马甲的年轻工人，在每个化工企业附近转悠，不时地交流和记录着，神秘又细致。他们把化工园区走了个遍，才满意地互道告别，并各自做好记录签上姓名。这时候，闻老太忍不住召唤儿子。

“宝儿，你这是在干嘛呀？”闻老太声音响起，儿子惊讶地叫了一声，“妈，你咋来了？”

“你都好久没回家吃晚饭了，妈都不知道你去哪了？”闻老太抱怨地说。

“妈，我是在做环保志愿者呢。你瞧瞧我这黄马甲上写着啥？”

“民间闻臭师？”闻老太仔细地端详了一下，念了出来。

“对啊，民间闻臭师。”儿子自豪地答道。

“妈，您近段时间去公园跳舞还闻到过异味吗？”

“咦，最近好像是没有闻到啥味道，我的慢性咽炎的老毛病也好久没光顾嘞。”旁边的张大姐插嘴道。

闻老太思索了一阵，然后恍然大悟：“难道跟你们这个啥‘闻臭师’有关系？”

儿子郑重地点点头：“对，这就是我们新区生态环境部门推出的新举措。”他继续介绍，“咱们新区的化工企业集中，排放的有害气体也比较复杂，以往老百姓对废气污染没少投诉。”

张大姐接过话茬：“是呀，关于废气和臭味的问题我都打了好几次‘市长热线’投诉呢。想起以前那个臭气熏天的日子……大侄子，还真得好好感谢你们。”

“阿姨，您客气了，这是咱大伙自己的事情呀。”儿子继续说："为了保卫蓝天、保护老百姓的健康，新区政府一直督促企业要做好废气达标排放，并不断地加大整治力度。但是总有一些企业心存侥幸，不舍得在升级设备与治气上投入和下功夫，废气整治一直没有取得好效果。"

"后来啊，政府专门邀请了专家、企业主以及工人代表一起商讨攻克这个'痼疾'。经过集思广益，终于想出了一个好法子，就是要发动环保的'人民战争'。这不，就招聘了我们这批'民间闻臭师'做环保志愿者。"

"妈，您发现没有，我连烟都戒掉了。"儿子骄傲地笑道，"咱这鼻子可金贵了，必须要好好善待呢。我要用鼻子来监测这些企业是否违法排放废气，然后把结果上报给生态环境部门。如果核实有气体排放不合格，企业就要受重罚。依法排放、科学治气的优秀企业，就给予重奖。咱这鼻子可是环保治气的'绝密武器'哟。"

"我的好儿子是在做环保志愿者呀！"闻老太拉着张大姐激动地说。张大姐脑子转得快，连忙问道："那我们这些老人可不可以做志愿者呀？这样，你妈妈也可以陪你一起为环保出出力咯。我去鼓动那些老姐妹们都参与进来，为了自己，也为了大家。习总书记不是说过，'绿水青山就是金山银山'，我们一起保护自己的'金山'。"

"环保事业，人人有责呀。之前让妈妈担心了，是我做得不对。如果你们愿意一起成为志愿者，那就太好了呀。”

可是，做一名“民间闻臭师”，其实也不是一件容易事。闻老太申请报名后，还要接受生态环境部门专业的培训和考核。为了帮助母亲顺利通过考核，儿子每天都早早回家指导妈妈做“作业”。有儿子陪伴，心情好，学习也用功，闻老太进步很快。

功夫不负有心人，闻老太也取得了“民间闻臭师”资格证，母子俩终于能一起并肩上岗“战斗”了。闻老太逢人便说：“现在儿子是我师父，等我出师了，我就是你们师父……”爽朗的笑声传遍小巷。

从此，在化工园区内多了一对身穿黄马甲的母子。最近两个人还上了新闻头条，闻老太在受访中说：“与儿子的一个小误会，让我成了‘闻臭师’志愿者，我们母子一定要当好环保的宣传员、监督员和示范员，让蓝天更蓝！”

留下一片绿

● 马学全

甘肃省作协会员，作品散见于《广西文学》《小说月刊》《延安文学》《佛山文艺》《短篇小说》等，曾获甘肃黄河文学奖等。

眼前的老人又黑又瘦，佝偻着腰，一看就是下过苦的人。村干部说他六十三岁，但看着七十岁不止。

不过，光看外表，你无论如何也想不到，他就是那个推着独轮车，啃着干馒头，喝着凉开水，独自一人种下两百亩防风林的人。

他叫张狗娃，是我的一个采访对象。说起他的名字，我没忍住笑出了声。张狗娃不自然地低下了头。我意识到自己失礼，把目光转向村委会主任张军。张军说，那时候家里穷，生的孩子又多，张狗娃出生前，家里已经有七个孩子了，粮食本来就不够吃，一个个饿得皮包骨头，面黄肌瘦的。他出生后，他妈没奶水，他爹就找人包了块破毡子，扔到了村外的荒滩上。

两天后，家里人以为他早被野狗给吃了。可到滩上去看，却见一只母狗正在给他喂奶。心里不忍，便抱回了家，用面糊糊把他喂大了。

于是，他便有了张狗娃这个名字。

张狗娃搓着一双布满老茧的手，嗫嚅地说："那年头，能活下来不容易哩！"

"一出生就差点喂了狗，你怨过父母吗？"

"怨啥？"张狗娃望着远方说，"他们也是不得已。"顿了顿，他又说，"那个年代，喂了狗的孩子多的是。"

那么，他又是如何想到种树的呢？

在张狗娃有些凌乱的叙述中，我慢慢理清了他种树的初衷。

这一带靠近沙漠，加上干旱缺水，常年风沙不断。早年间，由于村子周边植被稀少，一到刮风天，黄沙遮天蔽日，不光庄稼受损，人们连门都出不去。一场风过后，院子里落下厚厚的一层层沙土，连门都打不开。因为风沙大，庄稼年年受损，辛苦劳动一年，勉强混个肚子饱就不错了。

张狗娃只上了三年学，就辍学在村里参加劳动。因为年龄小，被村里安排去放羊。张狗娃把一百多只羊喂得个个膘肥体壮，人们都夸他是个好劳力。那年春天，一场大风从早刮到晚，空气里沙土弥漫，对面来人都看不见。风停后，张狗娃去看他心爱的羊们。本来就不太结实的羊圈墙被沙土压倒，七八只羊被压在了废墟下，另外二十多只羊跑出去被风沙给埋了。那一次，村里损失惨重，也给张狗娃的心里留下了阴影。

张狗娃那时候就想，要是在村子四周都种上树，挡住风沙，不光庄稼能丰收，生活也能少受些影响。

土地承包后，人们的肚子吃饱了，口袋里也有了存款，但频繁的风沙天气却给人们的生活带来诸多不便。张狗娃想要种树的愿望更强烈了。他打算承包村子西面的两百亩荒地，但不光家人反对，连村支书也认为他的想法不切实际。村西的荒地，除了沙子就是碱土，连草都看不到几棵，能种活树吗？“张狗娃，你吃饱了撑的吧？”在人们的一片质疑声中，张狗娃没有打退堂鼓。

村支书答应张狗娃，一分钱承包费不用交，你要能把这片不毛之地变成绿洲，我代村民感谢你。

张狗娃说，感谢倒不必要，只要村上能把水源引过去，剩下的事就不用管了。

村子地处偏远，上游渠里来的水，浇庄稼都不够，哪有多余的水让你浇荒地。村支书爱莫能助。

张狗娃知道村上也有难处，说既然这样，我自己想办法。

春天来了，张狗娃拿出家里的积蓄，买了一批树苗，有沙枣、白杨、红柳、梭梭、胡杨。

天刚蒙蒙亮，张狗娃就推上独轮车，到村西的荒地上种树。挖几锹土，一个树坑就好了，放上树苗，再压上土，一棵树就算种好了。一上午，他种了两百来棵树。下午，他用独轮车推着家里的水桶，从水渠里打水，一桶一桶浇树苗。

半个多月下来，张狗娃种了两三千棵树苗。看着细弱的树苗开枝散叶，张狗娃仿佛看到了一片茂密的树林子。可是，一场大风过后，近一半树苗被风沙掩埋，一些树苗被连根拔起。看到满目疮痍的场面，张狗娃欲哭无泪。有人笑他痴愚，也有人劝他趁早放弃，但张狗娃不死心，他给自己定了个目标，只要有一棵树能活下来，就坚持到底。

干完农活，他就用独轮车拉水浇树。活下来的树苗，一天天旺了起来。

第二年，第三年……张狗娃继续着他的种树行动。张狗娃种下的树越来越多，成活的也越来越多，先头种下的树苗长到了房子高，都能遮阴凉了。尤其刮风的时候，还能遮挡沙土。

村里的庄稼不再受损了，村子外面也没那么荒凉了。

家人不再反对了，村上也开始支持他了。第四年，村上组织村民，在村子西面修了一条水渠，专供张狗娃浇树用。

有了大家的支持，张狗娃种树的信心更足了。

二十多年来，张狗娃每年都坚持种树，当初承包的两百亩荒地，如今遍地树木，已经找不到荒凉的痕迹了。

“你看，这些最早种下的树，都长这么大了。”张狗娃指着眼前的几棵白杨树，眼里充满了温柔，仿佛那不是树，是他亲手养大的孩子。微风吹来，树叶发出沙沙的响声，似在回应着张狗娃。

张军告诉我，以前这里很少看到鸟，这片林子长起来后，不光鸟多了，野鸡兔子也多了。清晨，他们经常在啁啾的鸟鸣声中醒来。

我是在一份典型材料中发现张狗娃的。来之前，对他的事迹已经有了一个大概印象。想象中，他种了那么多树，不光改变了村民的生存环境，也为国家的绿化事业作了贡献，算得上一个英雄级人物。可眼前的张狗娃，身上却一点儿英雄的影子也找不到。相反，他显得有些唯唯诺诺。

你为国家种了这么多树，有什么想法吗？我忍了几忍，还是提出了这个问题。

张狗娃没有回答我，把目光转向张军。按辈分，张军是他的侄子。

张军对张狗娃说，叔，有啥想法你就说，王记者是从省城来的。

张狗娃犹豫了一下，说开了。他说，这些年为了种树，家里欠了不少债，他也落下了很重的腰腿病，现在已经干不动农活了。家里就靠着十几亩地生活，一年的收入，多半得拿去还债。老伴早几年得病走了，两个女儿也出嫁了，现在家里就他和儿子，儿子都快三十岁了，还没娶媳妇，介绍了几个，都嫌他家穷。

一片沉默。

张狗娃低下了头，他肯定为刚才说的话后悔了。我在网上看过有关张狗娃的报道，都说他种树不计回报，一心只想改变家乡面貌。

回去的路上，我的胸口像是堵了一块东西。张狗娃的生活处境，让我的心情难以平静。

我原计划把张狗娃写成一个不计个人得失的英雄形象，但最终写下了一个生活窘迫的种树老人遇到的种种困难。

两个月后，张军打电话告诉我，报道刊发后，在当地引起了强烈反响，一些民间组织还给张狗娃家捐了款。现在，他已还清欠款，每月还能领到一笔补助。

张军还说，有一家企业看好张狗娃的树林子，想出钱把这里打造成休闲旅游基地，张狗娃没有答应。他说，当初种树就是为了挡风沙。现在树长大了，他只想保护好这片林子，让后代再不要受风沙的苦。

骨子里的爱

● **袁斗成**

四川泸州人。作品散见于《百家故事》《佛山文艺》《江门文艺》《南方都市报》等。

刘大强感觉头昏脑涨的时候，心里掠过了一丝后悔。

已经是秋天尾巴了，瑟瑟的秋风吹来了寒意，帐篷溜进了湿气和露珠，无孔不入地往人身体里钻。刘大强昨天就开始咳嗽，浑身像散了架一样，如同一根弱不禁风的芦苇。

可刘大强来无定河湿地稻田附近宿营，有个不小的目标——想拍几张不一样的天鹅照片，拿到那个大奖。十万元奖金可不是个小数目。

站在陕北浑厚的黄土地上，高亢、激昂与悠扬交织的信天游在刘大强心头唱响。可是，纵然丘陵沟壑纵横，但视线所及之处绿影婆娑，再也不是刘大强印象中黄沙漫漫、尘土飞扬的场景了。

刘大强听说，这些年，无定河湿地是榆林治理水土流失的成功样本。每年秋天，成群结队的天鹅从远方迁徙而来，在这里栖息，千姿百态、风情万种。他还听说，稻口附近有个村庄的树林中，有几对天鹅夫妻组成了小家庭，很有意思。

这不，刘大强这才来到了草丛杂乱、荆棘密布的青龙坝，搭了帐篷，开始蹲守。

前两天的拍摄非常顺利，刘大强抓拍到几组满意的照片，但要在强手如林的影展脱颖而出，还差点火候。刘大强计划再多守几天，可一摸额头像火一样烫，手机和充电宝也都没电了，无法同外界联系。但刘大强转念一想，即使打电话求助，也是远水解不了近渴。再等等，或许睡一觉，出出汗，这病也就好了。

迷迷糊糊中，刘大强感觉自己仿佛离开了地面，身体晃晃悠悠地仿佛在移动。不知过了多久，他睁开眼睛，映入眼帘的是洁白墙壁，还有一张关切的面孔。

“醒啦，你可昏睡了一天一夜。”一个胡子拉碴、浑身散发着恶臭的男子激动地喊了出来。男子告诉刘大强，他发现刘大强晕倒在大坝上，然后背他到了小屋，喂了药和姜汤。

刘大强挣扎着站起来，表示着感谢。男子大大咧咧地说：“这么客气干什么，身子要紧。”这时，刘大强又闻到了男子身上传来的一阵恶臭，差点呕了出来，于是告辞，说什么也要回到帐篷。

男子备了些药品，一定要送刘大强进山。刘大强哭笑不得，尽管他渴望丰厚的奖金入袋，但这个一身脏兮兮的男人估计十天半月没洗澡了，他虽然感激，但不想跟他打太多交道。

刘大强重新架起了相机，没想到一旁的男子也拿出一台望远镜，观察水塘的天鹅动静。

这时，天气稍微好转，几对天鹅悠哉游哉嬉戏、觅食，有一对还卿卿我我的，甚是亲密。

说时迟、那时快，刘大强摁下了快门，把爱情鸟生动定格。这时，那位男子却大叫起来：“还我天鹅，还我天鹅。”

刘大强一愣神，男子居然朝他扑过来，咬牙切齿地说：“明明是三对新婚夫妻，现在少了两对，肯定是你吵到了它们才飞走的。”

雨点般的拳头打在刘大强身上，男子高声嚷嚷着要刘大强赔偿，说自己早就注意到刘大强不怀好意，悄悄跟踪才顺便救了他。

秀才遇到兵，有理说不清。看在帮了自己份上，刘大强把钱包里的现金全部扔给了男子，连帐篷也顾不上收拾，想赶紧离开是非之地。没想到男子亦步亦趋追了上来，把钞票扔在半空中："我不要钱，你要不还我天鹅，我跟你没完。"

男子看上去五十多岁了。刘大强不敢过多纠缠，一口气跑出好远还心有余悸。

照片也没拍多少，离截止日期只有两天了，刘大强只好把那张在争吵中拍到的《爱情》，也是他最得意的照片寄给了组委会，回到单位上班。

过了不知多久，就在他差点把这事忘了的时候，一个电话让刘大强的心飞了起来：你的作品获得头奖，请参加定于元旦举办的颁奖盛典。

刘大强如期赶到了位于榆林城中心的那家大酒店。酒店内外，早就布置好了规模盛大的天鹅主题影展，刘大强十分激动，心想自己的付出还是值得的。能在高手如云的同行中脱颖而出，还宣传了家乡美好的生态环境，可谓一举多得。

终于等到了颁奖时刻。音乐声中，意气风发的刘大强三步并作两步登上了领奖台，眼前白花花一片，可他知道，台下的人都在看着自己，也许正讨论着自己，羡慕着自己。

就在刘大强胡思乱想之际，司仪引领着颁奖嘉宾站到了他面前。

怎么这么眼熟？对！这不就是那个在青龙坝偶遇的农民

吗？怎么主持人刚才说他是策划、支持这个影展的某公司董事长余辉？

只见余辉也盯着刘大强看了几眼，嘴角含着微笑，握紧刘大强的手赞叹：“真是一组好作品，拍活了天鹅的爱情和家庭。”

这不是在做梦吧，刘大强一时忘记该说什么，等他反应过来，西装革履的余辉在别人的簇拥下离开了。直到晚会结束，刘大强与会务合影，才得知余辉策划、赞助影展，是希望唤醒所有人保护天鹅、呵护自然的意识，建设美丽家乡。刘大强把跟余辉遭遇的事情告诉了会务，会务却平静地说：“他呀，一到秋天就放下公司的事，到湿地当义务巡逻者，把天鹅当成了生命的一部分。”

晚上，刘大强怎么也无法入睡，在网上查到了一则故事。

当年，有位男孩捕获了一只天鹅，被向来疼爱他的父亲打了一顿，男孩因此不再与父亲主动说话。后来，父亲和偷猎天鹅的盗猎者打斗，不料却被穷凶极恶的犯罪分子捅了数刀，没抢救过来。男孩懊悔万分，刹那间懂了父亲和父爱，可惜父子俩已阴阳相隔。后来，男孩大学毕业，开起了公司，生意越来越大，还成了一名狂热的民间环境保护者，不仅为环保捐款捐物，而且对天鹅情有独钟，大伙送他一个绰号：鸟痴。

刘大强看完报道，记住了那个名字：余辉。

第二天，会务准备送刘大强去车站，却发现房间已空无一人，只留下了那张十万元支票和一张纸条：请捐给保护区，算是我为家乡的生态文明建设出份力。

蝴蝶飞到哪去了？

● 高国镜

中国作家协会会员。作品《石头与人生》获全国“孙犁散文奖”，散文集《太阳照耀我们》获第五届“冰心散文奖”，在《中国作家》等数十种报刊发表各类诗文数百万字。

鸟是人类的朋友，蝴蝶也是人类的朋友；就连我的小孙子，也想让蝴蝶做他的朋友。

那天有一只花蝴蝶，飞到我家院里，小孙子看着那蝴蝶，感到格外新鲜、好奇，他尝试了各种方法去抓，但往往刚一扑过去，蝴蝶就飞走了，左右包抄也没用，最后蝴蝶翩翩然飞到了墙外。

我让孙子背古诗：儿童急走追黄蝶，飞入菜花无处寻……可孙子那一刻对唐诗并不感兴趣，注意力全在那飞舞的蝴蝶上。“爷爷，爷爷，您给我讲您和奶奶小时候抓蝴蝶的故事吧？”孙子急切地说。

看着孙子期盼的脸庞，一下子勾起了我许多的往事。

那时花多，水也多，蝴蝶也就多。七九河开，八九雁来，九九蝶飞——节气刚过九九，那阳坡上便会出现蝴蝶的影子。那是从冬日里飞来的蝴蝶，跌跌撞撞，翅膀金黄，仿佛春的使者、春的姑娘，带着一缕春光飞进了历经寒冬的山乡。

那时，人们打开窗户，总免不了有蝴蝶飞进小窗，有的不小心迷了路，一头扎进了屋里的水缸，有的调皮好奇，落在了山里人用古法晒的黄酱上，甚至有的会落到村姑的蝴蝶结上，让人打也不是，不打也不是。

泉边是蝴蝶聚集最多的大本营。泉边的花儿层层叠叠地开着，蝴蝶则绕着泉水翩翩地飞着，有红蝴蝶、白蝴蝶、黄蝴蝶、蓝蝴蝶、粉蝴蝶、灰蝴蝶、黑蝴蝶、绿蝴蝶……当然最多的是花蝴蝶。此外，还有一种蝴蝶，灰色的，带着麻点，体量还没有成年人指甲盖大，却爱聚集，密密麻麻的，飞起又落下，仿佛一幅很有张力的画。

我们最喜欢的事就是，大人们在泉边洗衣服，我们“猫”在泉水边或藏在树后边，反反复复唱着歌谣，呼唤和引诱花蝴蝶：

“蝴蝶蝴蝶落落，

大水大水泡泡……”

成群结队的蝴蝶仿佛真听召唤，没头没脑地落到水里才知上当，一劲儿地挣扎，想飞也飞不起来。一旦再飞起来，没有脾气的蝴蝶，好像也有了脾气，不再和我们“玩”了。

有一种大蝴蝶，平时很难看到。这大蝴蝶比巴掌还大，翅膀是黑色的，却闪着蓝光，带着花点儿，像是穿着绫罗绸缎，显得很高贵，飞起来翩翩然然，楚楚动人。这样的蝴蝶，被我们称为蝴蝶王、凤凰蝴蝶。

要逮着一只这样的大蝴蝶，不是很容易。但这种蝴蝶身子比较笨，我们几个小伙伴会想法把它追到草丛里，把它的气力逐步耗尽，等到它飞不起来了，我们再扑上去，它只能“束手就擒”。

其实我们抓到蝴蝶也并没有什么用，只是捏在手里，笑嘻嘻地看它们乱舞。望着那仿佛在颤抖、呻吟、求饶的蝴蝶，我们有时候也会大发慈悲，手下留情，玩一会儿就将其放飞。却不曾想，蝴蝶的翅膀是否会因此而受损？即使重回蓝天，它们的生命是否会存在危险？

有时候，上学路上也能发现蝴蝶。它们特别喜欢穿花衣裳的女孩子，往往落到女孩的衣服上、红领巾上。有人说那蝴蝶不要脸，扑头盖脸的，便不断地抓蝴蝶，想送给老师；可捏着蝴蝶给老师送去的时候，老师却劝告说：快，把蝴蝶放飞了。蝴蝶飞舞着才好看。

是的，现在回想起来，蝴蝶的确飞舞着才好看。成群的蝴蝶，在阳光中飞上落下，五彩缤纷，五光十色。白蝴蝶飞在绿色的麦田里，黄蝴蝶飞在绿色的菜花中，仿佛古诗里的意境。记得有一次，我们惊飞了一大群白色的蝴蝶，那画面如同满天飞舞的雪花，有种震慑人心的美。

时间匆匆而过，我们长大了，快要变老了。想起儿时的蝴蝶，真的有些难过。我们为什么这么残酷地对待那无助的精灵呢？

记得当年我们逮蝴蝶，每个人都拿着一个或几个玻璃瓶子，把抓到的蝴蝶一只只塞到瓶子里去。有时候一个瓶子里会放进几十只，甚至近百只，那些蝴蝶密密麻麻、挤挤缩缩地在瓶子里挣扎，想飞却飞不出来，最终被活活憋死。

现在，蝴蝶成了回忆，成了稀罕物，孙子甚至问我蝴蝶到底长得什么样？蝴蝶都飞到哪去了？

蝴蝶飞到哪去了？我到底该怎么回答他呢？是告诉他因为我们小时候不知珍惜的玩闹，还是如今喷洒越来越多的农药？

我拿出来一块收藏的玛瑙石，上面的图案是一只金黄色的蝴蝶，飞舞在一片金黄色的、星星点点的菜花中。我对孙子说：你看，这石头上不就有黄蝴蝶和黄菜花吗？

孙子瞪大了眼睛，望着那石头，天真地说：爷爷，爷爷，是那蝴蝶飞到石头上去了，还是蝴蝶化成了石头啊？

我无言，只好笑笑问孙子：你说呢？

春风的味道

● 贺震

江苏省报告文学学会理事，武汉大学环境法研究所研究员。

一

“你们环保局咋回事儿？这怪味都好多年了，你们也不解决。光拿工资不干活啊？”

三月下旬的一天，汪小栋局长来到局信访办听完这通电话录音，眉头紧锁，半晌无语，不由得血压升高，面如重枣。

听得出，对方对环保局的工作很是不满。

人间最美四月天。然而，对于长福生态环境局汪小栋局长来说，三四月份却是一年中最难熬的日子。

打电话的人叫陆建林，是远近有名的“狗鼻子”，也是在全县挂得上号的环保投诉大户。

陆先生自小就与别人不一样，天生鼻子灵，别人闻不出的味道他常常嚷嚷着薰得受不了。

上小学那会儿，有一天放学的路上，他跑到一家饭店里高喊着煤气泄漏了，硬要往后厨闯。但服务员和满堂的食客谁也没闻到异味。情急之下，他把一个餐桌上的盘子掀翻在地，逼得老板露了面。小陆同学抓住老板就往后厨跑，终于在墙旮旯杂物下面发现了煤气泄漏点。

凭着这灵敏的鼻子，陆建林成了县城的名人。

近些年，一到三四月份，陆建林总是被某种臭味折磨着，而别人除了有时有点轻微的异味感觉外，几乎一切如常。为此，陆建林一年年投诉。由于问题一直得不到解决，陆建林的投诉语气也一年比一年激烈。有人认为他是胡搅蛮缠，戏称其为“投诉专业户”。

除了向环保局投诉，陆先生还给县政务热线打电话，甚至去县政府大院门口堵县长、书记的车子告状。

二

长福县城地处江南福地。在县城的西北侧，有一座状如卧牛的小山脉名曰“余山”。山上草木茂盛，名胜古迹众多，是国家重点风景名胜区和国家级森林公园。

陆建林居住的余景山庄，就位于余山北麓。

环保局早就想把陆建林投诉的问题查个水落石出了。为此，一次次安排监测、执法人员去现场执法，甚至发罐子给当地老百姓，让群众自己取样，局里出资找第三方检测，但每次检测的各项指标都符合国家标准。邀请专业的闻臭师到小区里进行人工辨别，也没能查出个头绪。

就这样，这固定时节的奇怪气味就在每年几乎相同的日子里幽灵般地如约而至，然后又如幽灵般消失得无影无踪。

就因为这奇怪的气味，每年春天，局长被县长约谈，几乎成了一个一年一轮回的“魔咒”。长福县十年换了4任环保局长。一任又一任局长都想在自己任上侦破这一悬案，但招数用尽，一一铩羽而归。

如今，接力棒传到了新任局长汪小栋手上。

汪小栋是在三月上旬上任的。上任前，周县长找他谈话，要求他尽早解决每年春季余山北麓的异味投诉问题。

汪局长立下军令状，3年内一定解决这个问题，到时解决不了，主动辞职。

汪小栋之前在县工商局任副局长时曾听说过，外地有人为了赚取卷烟的高额利润，在地下挖洞办厂生产假冒名牌香烟，销路好、利润高。当地政府一再开展专项打击行动，但屡禁不绝。

汪局长分析，在余景山庄周边一定藏有不为人知的神秘小化工，生产的某种化学产品在每年三四月份销路特好，一年干俩月，俩月管全年。这年头有些人一头钻进钱眼里，哪管什么社会公德，假冒伪劣、坑蒙拐骗，啥都干。

因此，汪局长上任的第一周，就向县府打报告，建议从县公安局和环保局抽调业务骨干组成专项工作组专门侦破臭味疑案。县长很快批复同意。专项工作组成立后，公安局在余景山庄周围道路上加装了摄像头，以便及时发现异常人员和车辆。加派了联防队员，以随时准备查扣可疑人员和车辆。

可惜，美好的春天是短暂的。三月走了，四月又很快远去，异味来无影又去无踪。联合专案组辛苦了近两个月，却没发现半点异常。

三

汪局长认定，既然有异味，总会有源头；既然有源头，总能查出来。“我就不信邪！”

上任第二年的春天，汪局长组织环保局执法、监测业务尖子组成工作组，并亲自出马任组长，一次次带队前往余景山庄，力求一举突破。

但第二年春天过去，依然没有收获。错过这个季节又要等一年。

距自己承诺的期限，也只剩最后一年了。想到这儿，汪局长心理压力陡增，心急如焚。

正在此时，省以下环保部门实行垂直管理，县环保局更名为市生态环境局的分局，不再是县政府的组成部门，在人事关系上与县里脱了钩。

汪局长的老朋友、市场监管局周局长对他说，“不受县里约束了，异味的压力可以缓解了。再说了，县领导也都知道余景山庄的空气质量符合国家标准。他陆建林爱投诉，就让他投诉呗。”

这是市场监管局周局长的想法，也是生态环境分局多数人的想法。

但汪小栋不这么想。

在一次分局全体大会上，他掷地有声地说，把人民对优美生态环境的向往作为奋斗目标，解决群众关心的热点难点问题，不断增强人民群众获得感、幸福感，这是我们生态环保人的责任、使命和担当。

我们不能给群众开空头支票，不能向政府作虚假承诺，不能因为监测结果符合国家标准，就不管了，不能因为垂管了，就把以前的承诺一风吹了。国标之外还有“民标”嘛！这“民标”就是人民群众满意的标准，老百姓不满意，你符合啥标都没用。

再说，不管垂管不垂管，全县的生态环境保护工作，还是由咱们来管。我们必须向全县人民负责、向社会负责、向县委县政府负责。解决臭味问题，咱们责无旁贷。

会后，有人向汪小栋建议，咱们现有的力量破不了案，就要引入“最强大脑”，专门来解决这个臭味问题。报名条件特设两条，一是嗅觉要特别灵，二是学历要高，而且专业为化学。气味，一般都是化学反应的产物。在化学博士面前，怪味应该无所遁形。

于是，化学博士张剑就成了生态环境局执法大队的新成员。

四

张剑出生于神农架山区。他不怕吃苦，做事实在，不偷懒、不耍滑，而且自小接触花草树木，对此颇有研究。

以张博士为中心，汪局长调集局里业务最拔尖的一位监测能手、一位执法标兵，组成“重案组”，专门进行疑案攻关。

张博士制定了臭味疑案侦破计划，从七月份第一周开始，到第二年三月上旬，每个月、每一周做什么，都安排得井井有条。

第一步，系统回顾。张博士带领“重案组”把近年来陆建林和余景山庄群众的投诉记录、局里为解决异味投诉问题所做的监测报告，以及气象资料等，分门别类地归纳、分析，从中寻找某种可能存在的规律。

第二步，大走访。“重案组”会同余山街道生态环境科人员，挨家挨户走访余景山庄居民，详细统计每年三四月份有多少居民能嗅到臭味，以及臭味出现的时间、天气、风向和味道的浓淡等，为判断异味来源寻找方向。

余景山庄居民表示，异味在每年三月上旬开始出现，到三月底最浓烈，四月上旬开始逐渐变淡，四月中旬之后消失。在这个时段，晚上6点到9点容易嗅到，下过雨的第二天晚上气味更明显。

第三步，大排查。他们以余景山庄为圆心，对半径3公里范围内的工厂、作坊、宾馆、饭店、工地、河道及排水口等，开展地毯式排查。

结果显示，这个范围内的化工企业早已关停或搬迁，附近的河道也从未散发过明显的异味。

3个步骤走下来，依然没有查出明确的臭味来源。但扎实的工作并非没有价值，至少排除了化工企业偷排的可能，离真相又近了一步。

根据陆建林和部分居民对那气味的描述，张博士想到家乡草木的气味。老家神农架山中生长着很多树木野草，一到春天，各种植物竞相绽放美丽的花朵，同时释放特有的气味，吸引蜜蜂、蝴蝶采蜜授粉。这种气味，是春天的味道，更是生命的气息，通常带给人清新的感觉。但有些植物开花时会散发出特别的气味。气味不浓烈时，一般人没什么特别的感觉，但也有少数嗅觉特别灵敏的人会感到难受，还有人因花粉过敏，引发病症。

余山上草木茂盛，这些年又大搞绿化美化，引进了一些新树种，莫非余山上生长着某种能在三四月份散出特别气味的植物？莫非这困扰陆建林和环保人的气味是自然生态的异味？

在一次情况分析会上，张博士提出了这个猜想。

五

张剑带领“重案组”会同佘山街道人员，着手在佘山北麓采集多种植物枝叶，一方面在网上进行信息搜索比对，一方面带上实物到南京林业大学请教专家。

在数百种植物枝叶中，专家发现了柃木的身影。柃木又称野桂花，具有环境适应性强、病虫害少等优点，是适宜在我国江南生长的优良乡土植物。柃木属植物还是我国主要蜜源植物，枝叶也可供药用，有清热、消肿的功效。柃木在每年三四月份开花，香味奇特而浓烈，但对人体健康没有不良影响。陆建林投诉的臭味，很有可能就是柃木花的花香。

“重案组”实地考察发现，随着近年对佘山绿化美化和生物多样性保护力度的加大，佘山北麓一带原来少量生长的柃木目前有了较广的分布，且长势良好。

春风吹拂，百花绽放，空气染香。蜜蜂在花海中遨游，蝴蝶在田野中起舞。这个春天，是汪局长向县长许诺侦破异味积案的最后期限。

“重案组”邀请陆建林等居民前往柃木花林进行辨认，最后一致确认，臭味正是柃木花的味道。

原来，气象条件不同，气味的传播范围和浓度会有所变化，这就造成了异味若有若无、时浓时淡的现象。

积案侦破了。陆建林多年的烦恼随风而散。

一阵阵春风，一阵阵花香，直抵肺腑。陆建林深吸一口气，哟，这空气虽然有点怪，不过还蛮香甜的。

沁源：通向未来的绿色长廊

● 成向阳

山西泽州人，中国作协会员，山西省文学院签约作家，鲁迅文学院第33届青年作家高研班学员。作品见于《诗刊》《天涯》《散文》《青年文学》《长江丛刊》《雨花》《山西文学》《青年作家》《野草》等，部分作品被《中华文学选刊》《散文选刊》转载，入选各种年度选本。著有散文集《历史圈：我是达人》《青春诗经》《夜夜神》等。

我终于来到了想象中的沁河之源，走近了想象中的陈赓大将，以及被一条河水滋养过的土地与人们。内心的激动只有自己一个人知道，虽然，我也为那埋藏了许久的期望悄悄打了一个折扣——生活早已教会我不要期望过高。

但，山西沁源首先以它铺天盖地的绿将我征服。一刹那间，我想不了太多，那些绿，需要相当的脑容量来消化。

它太绿了！它为什么这么绿？

绿色的馈赠

是啊，除了路，就是树！这是突然蹦入脑海又掉进嘴里吐出来的第一个唐突句子。紧接着盘桓不去的竟然还是这个句子，以及“哪里还有一小片裸地，可供我转换一下被绿色淹没太久的眼睛呢？”

这样的裸地还真不好找。越过行走中的车窗没有——车轮所及，两面尽是被植被覆盖的田野、山林与草甸；下车以后也没有——你正深陷田野、山林与草甸之间。但我终于找到了那些村落中的院子，它们似乎是裸露的，可是，院子四周仍然是树，大大小小的树在向上伸展的过程中四面披拂开来，就让房子也染满了绿的光影。而院子里外皆种着时令蔬菜，菜地与绿草之间找不到明显的过渡。房屋的泥墙、土墙、石头墙上也爬满了绿色丝缕，有的竟一直爬上了屋顶。哦，屋顶——我踩着梯子爬个绝高，终于找到一片又一片鱼鳞瓦。但我真的是失望了，鱼鳞瓦的屋顶也是绿的——檐角的一片青蒿在风中翻卷，每一片青黑或赭红的屋瓦倒是静止不动，但瓦缝中狗尾草在摇摆，青苔偎依在每一片瓦的中心，小心翼翼地迎接着游移其上的日影。它们幽绿的心中，正期待着一场新的雨水，而雨水会带给四野新一波的绿浪。

我终于信了：这片雨水丰沛的土地，绿色真的已覆盖90%以上的地面，它只把不足10%的空白留给人类，好让人伸出双手劳作，伸出双脚行走，并把头发乌黑的脑袋从黄土地高举向蓝天、白云与夜晚的星空，迎风想想那些更高、更远、更明亮的事情。

在绿色巨大的馈赠中，我不由得把目光投向了沁源的树木。这是理所当然的——一棵树又一棵树向你走来，无论在车窗后，还是在田野、山间、河畔，你都逃不开这些树的围堵。是的，围堵。它们密密麻麻，一派紧张肃穆、剑拔弩张的模样。远远看去，它们在你眼睛里就像防守时的罗马士兵的方阵；等山路拐过一个弯儿，眼前的它们又像驭风前行、华丽无比的绿翼骑兵团；而猛回头时，那连绵起伏的绿色草甸上，一团拖曳开来的白云之下，一棵高树又像单身行走偶或息憩在山巅的孤胆武士。

树木有灵，念动风中的暗语。在这2000多平方公里的土地上，树神的子孙似乎比人类更像原住民，它们更脚踏实地，也更敢于作为，它们朝着天空生长，朝着四野释放，洗涤人类的眼睛，充盈人类的心灵。它们震撼着慕名远来的你，让你“啊”的一声惊愕地吐出一口气，再深深长长地吸回来——真陶醉啊，虽然脑门上淌着长时间行走而生的汗水，但四体的每一个毛孔都贪婪地打开了，高纯度的氧气穿过肺腑直抵丹田，你悄悄练起了想象的气功。

是的，在沁源，每一个我这样自由呼吸的人，都是无师自通的养生大师。浑如张仲景附体，我和你面含微笑，不再担心慢性咽炎、鼻窦炎与皮肤干燥症。嗯，健康，就在鼻息之间，就在神赐的舒畅心跳中。

高擎树木的旗帜

在酣畅的一呼一吸之间，面对沁源山野吞吐着巨量氧气的树木，我心暗自惭愧。它们的高大、健壮、奇美与层出不穷持续修正着我对山西乃至中国林业的认识。我一度顽固地以为今日山西已无真正的森林，甚至已无真正的大树。但我真没想到的是，沁源的树，竟能如此轻易颠覆我对树木的认知。

灵空山巅，巨树林立，最著名的便是世界油松之王九杆旗。那是一株雄壮、奇崛而俊逸的巨树，它胸径1.5米、根径5米、全高45米的详细数据，就刻在树下的中英双语黑石碑上。在看到它的一刹那，几只金色的猴子忽然从树后出现，它们大睁着闪亮的眼睛凝视着我。我一下就想起了多年之前读过的小说《一个法国人的一生》。那个法国人，名字叫让-保尔·杜波瓦的，在历尽半生种种之后，成为一个世界奇树的拍摄者。作为摄影家，他多年行走世界各地，立志寻访并拍摄所有存世的奇树异木，以此发现并保留一种永恒的自然之美。那些欧洲的、美洲的、大洋洲的、非洲的巨树奇材，他详细地著述了很多很多，但——他怎么就没有写一笔我眼前的这棵九杆旗呢？

对了，我忽然间想通了，作者让-保尔·杜波瓦——那位世界奇树拍摄者的真身，一定没有来过沁源，没有上过这灵空山，更没有见到过我眼前这棵堪为奇观的九杆旗。否则，他怎么会不认真写一写它呢？而这样当然也好，他留下空白，恰可留待有一番好心意、好本领的有缘人去做。

而在沁源，作为王者与标志的九杆旗绝非孤例。在它身后绿浪翻涌的大地上，随着九杆旗的鼓舞，带着巨大的灵感之力驭风生长，穿越于时光之间的古木大材多矣！它们是岁月里的长者，同日月一并增长的年轮如不断优化扩容的大脑，镌刻着一代又一代的风霜雨雪。

是的，没有任何东西能像一棵或挺立或于弯折中艰难上升的树那样，告诉后来的瞻仰者，时间是怎样流逝的，空间是怎样变化的。沧海桑田之后，树是唯一遗留下来的先知，其下憩息着做梦的人类子孙。

当我在南庄村仰视三棵体型巨大而不知年限的古槐时，在福、禄、寿的命名中，在那已然石化深邃如长者眼睛般的树瘤里，在那当地人于七夕悬挂在枝叶间的盏盏鲜红的灯笼上，我发现了树对人的恩赐，以及人对树的敬畏、依恋、赞美与深深祈愿。而在沁源，在几乎每一个古老而焕发着生机的小小村落——五龙川、王家湾、韩洪沟、长征村、丹雀村、花坡村，以及我尚无缘知道名字的村庄里，那些伴树而生的人心中，都有这样一棵或者几棵福禄寿。

通向未来的长廊

那些环绕在屋窑院落向上生长着的树啊，那些被树木拱卫、荫蔽、滋养着的沁源村落人家啊，让我这个旅人没来由地想起了古老的诗句——“十亩之间兮，桑者闲闲兮，行与子逝兮”“十亩之田，五亩之宅，有水一池，有竹千竿”“故人具鸡黍，邀我至田家。绿树村边合，青山郭外斜”。

还有哪些诗可念呢？我一恍惚间竟又记不起来。我油然思念童年时自己村落里的那些树木了，就像眼前这沁源人家门前屋后的树一样，曾经的槐树、杨树、榆树、椿树、苹果树、柿子树、桑葚树，以及少见的杜梨树、柰子树与沙果树，也都曾站在我的村头，我的巷尾。风吹时，雨过时，它们如家人亲戚一般喃喃呼唤着你，又像爷爷奶奶爹爹娘亲一样，在每个早晨、每个深夜陪伴着你。你的身上有树的痕迹，树的身上有你的气息，那些树啊，最终成为家族记忆以及更为悠远浓郁的一份乡愁，让你一直一直带着它走。而每次重返故乡，就像那些逐渐消失再难重逢的老人一样，那些曾经的树木亦作古难寻了。

这就更显出眼前沁源人家门前屋后树木的可贵了。这些沁源人呀，他们是怎么存下了这么多的古树佳木的呢？这些伴树而生而长而兴而盛的人们，他们此刻正做着什么呢？

在这片土地上，我在行走中遇到一些沁源的村里人，他们长着与我的乡亲们一样的黑脸膛、红脸膛，有着与我父亲母亲一样粗糙有力的手脚，但我看着他们正在做着的事情，却打心眼里感觉到，他们有着与我的乡亲们不一样的心、不一样的梦。在树旁，在风中，在绿的渲染与启示下，这些沁源农民似乎已经找到了一种方向——不只是少数人，而是绝大多数沁源农民的眼睛都是闪闪亮的，那里面扑闪出智慧和决心，他们都知道自己的明天究竟在哪里，以及今天必须要做什么。

他们都很忙，他们正创造着属于自己的本草园、养生园，他们正制作着自己的药茶、药膳、药皂与药妆，他们正在红色遗址旁经营着自己的特色民宿与休闲茶吧，他们正在河畔草滩湿地为珍禽建立栖居地，他们还用生活垃圾来发电，用煤焦来制造锂电材料——他们真有能耐，他们正背倚着广大无边的绿色，在这片曾被红色浸染的大地上躬身、转型，努力创造属于自己的金色未来。

在沁源人行走的脚下，我隐隐看见了一条通向未来的长廊，那里面有风、有云、有花鸟虫鱼，以及无处不在的生生不老的臻于永恒的绿。

那绿，真是太绿了。那大涂大抹、大开大合的绿，又分解成一棵又一棵具体的树，一片又一片呼啦啦翻卷响动着的叶子，它们已经告诉了你，它为什么这么绿，它怎么能这么绿，以及它这么绿正梦想着些奇妙的什么。

树·世界

● 王芳

山西长治人，中国作家协会会员，中国文艺评论家协会会员，中国散文学会会员，现任山西省作协《黄河》杂志编辑、山西省委宣传部《映像》杂志副主编。已出版长篇纪实文学《天地间一场大戏》、散文集《拈花一笑》等作品。

穿花破碧，从并州动身，跃上葱茏四百旋，抵达灵空之巅。

如此，昊天广宇，便可以逡巡沁源，睥睨天下。

灵空山的风，在秋阳的照拂下，并不激烈，温柔亦多情。轻风中，万树列阵，自成树的世界，在这样的背景板中，我，渐渐消失肉身存在，被同化为一棵树，可以选择任意的一棵树比邻而居，成为树世界的子民。

可以是一棵松，万古长青而常在。可以是一株柏，执松之手，与松偕老。可以是一株枫，万山红遍时，也不会缺失了自己的树影。可以是一棵柳，弱柳扶风，春天先来，秋天迟走，显现着强大的生命力。可以是一杆竹，从稀疏的瘦美中体会林下之风，还能体会从清瘦美到气节美的哲学和情怀的转变。可以是一株槲，娑婆蓬然，终生向着阳光。可以是一株桃，人面桃花相映红，前度刘郎今又来。可以成为任意一棵树，脚踩着大地，背负着青天，除了生长，再不问世界，只要天不倾、地不震、火不烧、雷不劈，那么便云淡、风轻。

最想站在“九杆旗”身边吧。这株阔大的油松，吸日月之精华，天地有正气，灵秀复清明，即使分身为九，也要穿云向上，与天空对话，与飞鸟追逐，与白云嬉戏，与风雨相搏。如此，便可以庇佑着身下身边的众生，动如金猴，静如药草，大到人群，小到蚂蚁。自己把根扎向岩层，长成自己的王国。站在“九杆旗”身边，除了肃然起敬，再泛不出其他的思绪，唯有被雄壮所染，心中出现几分婀娜。

灵空之外，万树依然列阵，长在路旁，长在河边，长在饭桌外，长在人群中，任意排列生长，不需演练，无须布阵，随意而潇洒。三棵名为“福禄寿”的古槐，穿越过丛丛迷雾，与

“九杆旗”对望着，传递出不一样的情思。雷霆雨露，俱是天恩，谁更久远这个命题已不再重要。古槐吸收世间风水，避过一场场风雨霜雪，千年生长，呈现龙腾虎跃的态势。既如此，便如此！它不会讲出“福禄寿”的寓意，因为那不是它的语言，但它已飞升成仙，满含慈悲，愿意送给人“福禄寿”的美好祈愿。

列阵的万树之下，有花草。

花，万紫千红，江山开遍，一花一世界，枯荣自有涯，开在每一个可以盛开的角落，追不上树的轮回，便做好自己吧。属于我的时节，我是花，不是我的光影，我是草。离离原上生，高山草甸上长，安定了尘土，也安慰了流离的灵魂。从不招摇过市，却又傲骨巍然，时不时地从花叶间穿过刀剑的铮铮之鸣。从不过问世间俗务，却从未忘了刺探自己的内心：万年与瞬间，在另一个维度上，它是一样的。

列阵的万树之中，有药草。

连翘芳香袭人，青绿的嫩黄的，人们二次采撷，它两次贡献自己的躯体，变成两种成药，在中医的铜秤间称斤论两。而它的叶竟然在茶的车间里，晾干过，烘焙过，成为茶杯里的叶子，一点点在开水的拥抱中，忍痛舒卷自己的身子，人们在舌尖上透出更多的芬芳来。世间事，哪一件事不经过轮回与阵痛呢？党参花如风铃状，喜凉又防风，补中益气，和胃生津。

黄芪花成串，黄艳艳的，那样的好看，性味甘，保肝降压治气虚。柴胡、芍药、车前草、防风、黑药、鱼腥草、枸杞、茯苓、地骨皮、管仲、半夏、益母草、黄连、甘草、地星、山楂、黎芦、款冬花、百合、地椒……那么多的药草，组成中药世界，那是万物的悲悯，相生相克，相依相傍，可医众生的根骨，在须臾的变幻中，人们已经再世为人。

列阵的万树下，流出一条河。

那是沁河之源，如龙盘伏山间，如龙腾伏百里过沁源。河里倒映着树的翩翩风度，参杂着临水照花人，水波动时，树与花荡漾着破碎的笑声，河水接纳这一切，又努力让自己的身躯渗入万物。流水无声。大音都是希声的吧。只知道，成为树世界的滋润者时，那不是施恩，而是奉献，奉献了自己的躯体，成就了别物的繁荣和盛放。给予不是灭绝，河流自己，嘘气成云，飞沫为雨，自己给自己补给，亿万年的给予，便有了亿万年的“源”“源”不绝，而这也许是“生活在别处”的意义。

列阵的万树之中，有鸟。

千万年间，沧海桑田，造化高山大川，古地中海渐渐消失，青藏高原隆起，有了如今的山河版图，树生草长，有凤来仪。鸟便栖息了，喜鹊报喜，布谷报春，燕南飞，雁北归，各自有使命。而灵空内外有许多许多的鸟，飞来飞去。天鹅来了，苍鹭来了，黑鹳来了，褐马鸡成群了，鸟语啾啾，鸟鸣如弦歌，各自有雅意，它们在沁源的天地间，同呼吸共成长，繁衍生息，人们救下它们时，它们知道一步三回顾，记得自己的恩人。鸟的世界，干净亦温暖。褐马鸡活着时，便要被人取走尾翎，扎于戏曲盔头之上，翎羽旋转、抖动、挺立、摇摆，穿插着舞台人物的悲喜，台上的百无禁忌，台下的迷恋渴望，浑然一体，可人们却极少知道褐马鸡有一刻眨着迷茫亦疼痛的眼睛，静静地看着树外的世界。

意悠扬，气轩昂，天风鹤背三千丈，鸟的世界浩大空悬。如有唢呐，此刻适合奏一曲《百鸟朝凤》。

列阵的万树之中，有时尚。

沁源地形特殊，众山环绕，人居其中，在这环绕的大山万树中，人们却没有忘记追随时尚。一座古桥边，一处土台畔，有流水长亭，有圆荷风举，有古屋风雅，有诗画落户，可食可住可行可体验，人们创造着自己的“采菊东篱下，悠然见南山”，不，不是南山，是太岳山，是雄壮如树叶盘桓地图的太岳山，是生长原始森林的太岳山，是带着血与火洗礼过的太岳山。众鸟高飞尽，孤云独去闲，相看两不厌，还有太岳山。

列阵的万树之下，有煤。

那是另一个树的世界，万年前，树之身埋入地下，渐渐化成乌金。变了颜色，没有变了易燃的体质。一日日长埋在地下等待，等待人们把它挖出来，重见天日的时候，也是粉身碎骨的时候。它燃烧起来，驱散了万年前人类对兽群和未知世界的恐惧，也让千百年后的人们在冬天取一取暖。这个树的世界，炫目温暖却有尽头，当我们向千万年前的造化借款的时候，我们却支付不起庞大的利息，只有重建另一个树的世界，弃黑取绿，营救自己的蓝天。

列阵的万树之间，有乐。

那是新石器时代的陶埙，呜呜咽咽的，诉说着沧桑变迁。那是夏代的石磬之音，清脆悦耳，诉说着田园牧歌。那更是生长在沁源人骨子里的沁源秧歌，欢宴时，悲伤时，婚丧嫁娶时，便唱起它，唱出生老病死，唱出人情世故，“饥者歌其食，劳者歌其事”。民族危难时，也唱起它，声如匕首，心如刀剑，风雷身上过，气节世间留。这乐，丝丝缕缕，曲曲折折，起起伏伏，管管弦弦，吟唱在山河之间，与树的风涛鸾凤和鸣，一唱就是几千年。

列阵的万树之中，有神迹。

琴高乘鲤飞翔，树林之中留下他的身影，仙班有他，而人间不再。圣寿寺高卧于灵空山中，李侃坐化，已成佛影，尘世与佛陀，不过是两件暂且容身的袈裟。道佛相融，这是神的世界，而神的工作与人的工作是相同的，都是在荒凉的地方种一些树。

在沁源，无论是灵空山内，还是世外，都有不同的世界，又都是树的世界，是一个很大很大的世界。山，河，树，花，药，鸟，乐，都是满目雄浑的一部分，万物各自为政，又随遇而安，莫听穿林打叶声，那是生长的声音。世界在身边，繁盛了，而人隐于树之后，成为树的一部分。沁源人说，树，不是树，而是我们的亲人，它们受伤，我们会疼。却原来，在这里，树与自然是高于人群的，人与它们和谐共生，经过时光淘洗，羽化为精神、梦想和美。

虽是尘土衣冠，却不妨碍我有江湖心量，此刻，前有千古远，后有几万年，葱茏如是，绿意如是，万里江山也如是。

鲜花盛开的村庄

● 柴新文

笔名柴可、牧文。甘肃省作家协会会员，中国散文学会会员，鲁迅文学院第十四期网络文学作家班学员，甘肃省网络文学作家协会会员。

已出版散文集《百年如花》，现实题材类小说《老了也要嫁》《天瓷国芳》《好好过下去》《鲜花盛开的村庄》等作品。

引子

坐落在甘肃省白银市黄河边老龙湾的顾家善村，依山傍水，风光秀美。古老的黄河水车日复一日“吱吱呀呀”地转动着，村中粗壮高大的百年老柳树在风中微微地摇曳着，别具江南韵味的白墙青瓦村舍，沁人心脾的鲜花绿植，让这个地处大西北的小村庄颇有一番江南水乡的韵味。

围绕着脱贫攻坚和全面建成小康社会目标，顾家善村着力打造美丽乡村建设，强力发展乡村旅游，成为远近闻名的“花村”。村民们或搞起了农家乐、民宿，或依靠旅游产业链发展生态种养、传统制作等特色产业，日子越过越红火。

一

说起当上顾家善的村支书一事，王维富至今还为自己捏把汗，那时年轻，胆子够大！

2003年春天，42岁的王维富被任命为顾家善村党支部书记。在这之前，顾家善村已经很长时间没有村支书了，党组织涣散，村委会有名无实，顾家善村也是远近闻名的贫困村。那时，王维富是靠经营贸易发起来的万元户，家里早早就盖起了二层小楼，那日子过得有滋有味，别提有多惬意了。

可是，镇领导却要他回到顾家善村，当什么村支书？这让王维富的心里很纠结。顾家善村是他的家乡，他也是土生土长的顾家善人，比谁都了解这里：地少分散，人穷事多，很多人家不好惹。此外，顾家善13个姓中，顾姓是大户，占全村人口的九成，他王家只有4户，是全村人口中最少的姓，平时在村里根本没有啥发言权。他当了村支书，那不是秃子头上抓虱子，自己给自己找事么！

王维富犹豫着，老实说他不想当这个村支书。可是，镇领导就是看中他有魄力、有耐力、脑子活泛、会挣钱的优势，找到他谈了好几次话，做了很长时间的思想工作，他这才勉强答应下来，决定回村试试。

俗话说，下河先试水。回村后，他第一时间来到村委会报到。可没想到，一到村委会心就凉了。村委会的二层小楼里居然没有一个人办公，桌上的尘土厚得都可以用手指在上面写字了。村主任也整天不见人影，办公的地方到处是垃圾，楼道里居然还有粪便柴草。站在院子里，以为自己站在荒野之中，满院子的荒草都快齐腰了。

王维富心里犯愁，今后的工作咋开展啊？村里人知道他回来当村支书，风凉话也多了起来，说顾家没人了吗？让一个外姓人当村支书？还有的人干脆直接就说，他王维富要是敢胡整，就小心着些，没他好果子吃。

面对这些情况，王维富冷静了几天，慢慢捋出思路。他想依靠村里的党员，先把村容村貌整治好再说。

说起容易做起来难。村集体一分钱没有，村里没有一个人出力，拿啥整治？巧妇难为无米之炊。

那时村里的道路尘土飞扬，家家门口都堆放着杂物，把本来就狭窄的土路堵得根本没办法行车。就像顺口溜说的：“垃圾靠风刮，污水靠蒸发，家里能凑合，屋外脏乱差。”在一些人眼里，王维富想动这些乱堆乱放的杂物，是摆明了和全村人对着干。

家里人劝他，还是算了吧，别折腾了，这万一要是把谁家的东西清理了，那不是把仇结下了吗？

王维富可不信这个邪。既然已经坐到这个位置上，那就要干好它。他先是靠自己经商时结识的搞工程的朋友帮忙，免费把村委会的院子清理出来，并硬化地面，修缮破损许久的大门。然后，他又带领党员把村委会的办公楼内外清理一新，让村委会先明亮起来。

紧接着，他又开始挨家挨户动员，拆除危房，整治环境，打扫卫生。一开始，村民们不配合，和他对着干，为此还有人把他告到了镇里、区里，说他做事霸道、不讲原则。结果镇里区里的领导一调查，理由不成立，反而都坚决支持他，鼓励他继续做下去。

“你那时候有没有后悔？觉得回来当这个村支书太累了？”我问道。

王维富笑着说：“那时候心里就一个想法，不干就不干，要干就要干好。其实村民们想法很简单，都是想把日子往好里过。只要能让大家的日子过好了，大家就会支持你。”

果然，时间一长，村民们看到王维富和党员们每天任劳任怨地义务劳动，打扫村里卫生，慢慢都理解了，开始主动跟着干起来。

就这样，乱堆的杂物清理了，乱建的危房拆除了，村里的路也腾开了。王维富又到处“化缘”，筹集来十多万元，把村里原来坑坑洼洼的乡村土路取直拓宽，路面硬化。

“当时修路时，路要经过几家的地，其中也包括我家的地，家里人一看都阻拦我，不让我修这个路，好好的地，说没就没了，谁干啊。村民们以为我会搞特殊，也都跟着出来阻止施工人员，不让路经过。我当时也狠下心来，不顾家里人的反对，先把自己家的地给让了出来。村民们一看我能冲自己‘下刀子’，也就没人再说了。我又给大家做工作，给了村民补偿，路才通了。”王维富笑着说。

二

整治好了村容村貌，王维富又动起别的心思。

村里有好几百棵百年以上的柳树和梨树，可是现在死的死、枯的枯，剩的越来越少了。原来，这些树以前是村集体的，后来为了便于保护就分给村民。可这些树每年就得打药4次，一次要两千多块钱，村民们谁也不愿意在树上花钱。

王维富心里很着急，这些树是顾家善的祖宗与根脉。如果连祖宗，连自己的根脉都保护不了，那他还做啥村支书啊。

他想把这些树收回，安排专人养护。可是，给出去的东西要想再收回谈何容易。老柳树就算死了也是好木材，老梨树每年多少还能结些果子，对村民来说，也是份收入。因此有人散布谣言，说王维富搞“土改”，要分村民的田地财产。

为了保护这些老树，王维富态度异常坚决。没办法，村民见他铁了心，只好同意，但有要求，就是钱。他又到处筹钱，给大家一些补偿，这才把树都收了回来。

王维富带着我来到村里的老梨园，指着那些枝干遒劲、焕发青春的树说：“村里给这些老树挂了牌、上了户口，受村集体的统一保护，如今保存下来200多棵。这些老梨树现在还结果呢。”

最受村民和游客欢迎的，是两棵有150多年历史、被称为“老柳爷爷”“老柳奶奶”的老柳树。它们盘根错节，枝干缠绕，像是长在了一起。村里人常来树下许愿祈福，尤其是年轻人，常在此祈求美好姻缘，因此也被时髦地称为“情人树”，树上挂满了祈愿的红布、红绳以及许愿卡。

留住这些老树，就是留住了根，也为顾家善村留下宝贵的精神财富。

三

眼前的黄河，温驯舒缓，看不出一丝凶蛮凌厉，堤坝上的绿化带一眼望不到头，笔直的白杨树就像忠诚的卫士一样，手挽手站立在河岸，守护着老黄河。

可是说起这老黄河来，顾家善村村民还是有一肚子的话。

“我们这里原来就是个河滩，地势又低，一下雨，这里水就大了，有时候还发大水，头几年把村公路都给冲断了。要不是王书记跑到省里要钱要项目，把堤坝修好了，我们现在哪有这么好的路，这么好的福气啊。”

村民们又指着一条幽静浓翠的柏树林荫道说：“为了这些树，老书记把自己家承包的土地拿出来，义务给村里培育树苗，免费提供给村集体，又带领党员村民义务植树，不容易啊。”

看着眼前的成片树林，听着头顶“啾啾”的鸟鸣，闻着阵阵花香草香树木的清香，满眼浓翠，处处好风光，你会有一种恍若隔世，身处世外桃源的错觉。

路灯点亮了，自来水入户了，蔬菜大棚建起来了，这一切的好，村民们说都说不完。

“当时为了自来水入户，有人还不愿意交钱，后来村干部做工作才同意的，现在家家都用上了自来水，村里还把自来水引进蔬菜大棚，彻底解决了大家冬季大棚用水问题，咱们能不高兴吗？”村民们如是说。

环境好了，如何让村民手里有钱？王维富去省城争取项目，为了项目他守在别人家门外，有时候一守就是一天。

慢慢地，村里开始发生变化，村容村貌越来越整洁，村里那些算计和难缠越来越少，大家的心都开始往怎么致富上面想，路越来越好走，村民也看到了希望。在村委会的鼓励支持下，大家纷纷建起塑料大棚，种起反季节蔬菜。顾家善村地肥人也勤快，种出的蔬菜卖相好，长得精神，很快就在蔬菜批发领域打开销路，有了名气。目前顾家善村的蔬菜远销青海、新疆、内蒙古等地，每当蔬菜采摘时，各地的蔬菜批发商云集，成卡车的蔬菜就这么一辆接一辆地销往各地。

现在村民多种经营，农家醋合作社、芽苗菜合作社、手工编织作坊还有农家乐，都发展起来了，生活有了色彩，顾家善人的脸上再也见不到愁苦和自卑，有的是自豪和阳光。每天早上，在顾家善村，你会被每天“唰唰唰”的扫地声吸引。黎明即起，洒扫庭除，已经成为顾家善人的村规民约。走在村街道，看不到一片废纸、一个烟头，想想过去的脏乱差，怎么能不让人感慨万千！

如今，村民们心里都佩服信赖王维富。王维富有头脑有智慧，很早就有环境保护意识，保护百年老树，新植护岸白杨，栽下长青的柏树，才有了这一排排林荫道，让村民真正感受到生态环境对他们生活的影响。后来又赶上国家惠农利农好政策的支持帮扶，过上了好日子。

2003年年底，王维富经村民们选举，支书主任一肩挑了。

四

顾家善人会养花，是十里八村都有名的。2017年，白银市政府开始对白银沿黄河及其他特色村进行全力打造，“六朵金花”美丽乡村试点村应运而生，顾家善位列其中。美丽乡村建设三百万元专项资金的注入，对顾家善来说，就像麦苗久旱逢甘露。

在市区镇三级政府的支持鼓励下，顾家善村大力发展乡村旅游业、花卉种养业，每年村上还不定期举办菊花节，顾家善人种的菊花都被游客抢购一空。村里还全力打造园林式美丽村庄，白墙青瓦、小桥流水人家，吸引来全国各地的游客，生态旅游业蓬勃兴起。

种下梧桐树，引来金凤凰。荒废多年的村中学承包出去成了酒店，村集体也有了收入。老旧的民房，被商家承包改建成民宿。每逢节假日，顾客盈门，村民们的土特产品也有了销路。回村创业的年轻人越来越多，家乡美了，坐在家里就能挣钱，谁还出去打工。原来的空巢贫困村，如今已经变成和谐富裕、家喻户晓的幸福村，处处鲜花处处景的美丽花村，王维富也被人亲切地称为“花书记”。

如今的顾家善村，不仅有花街，还有文化巷、寻根怀旧巷。文化巷用图片展示新旧农村面貌，寻根怀旧巷展示顾家善村的历史文化，让人们望得见山，看得见水，记得住乡愁。村里那两棵150年的大柳树则成了情人树，被打造成具有现代感的浪漫景点，吸引年轻人驻足。

通过努力，目前顾家善村已全面实现脱贫，顾家善村因花而出名，因花而过上好日子。

五

“支部党旗红，引领小康路。一个支部就是一个堡垒，一名党员就是一面旗帜，从花草掩映的每户农家，到各项事业的兴旺发展，顾家善美丽乡村建设的优异成绩背后，是全体村民、上级领导和村党支部36名党员们辛勤的付出，荣誉属于他们。”村支书王维富这样说道。

2020年年底，王维富就要卸任了。王维富一扫愁容和伤感，微笑着说："舍不得啊，干了这么多年，对顾家善村我是有感情的，可是舍不得也要舍，后浪推前浪这是必然，年轻人会越干做好的，花村顾家善也会越来越好的。我是一名党员，离职不等于离开，我还会发挥余热，带新人，继续为顾家善村出力。"

环境优美、乡风文明、产业兴旺。在顾家善村党员干部及全体村民的共同努力下，顾家善村逐渐成为甘肃省乡村旅游的一张名片，在省内和业内知名度、美誉度逐年提高。2019年喜获第一批"国家森林乡村"荣誉称号。近年来还先后荣获"中国美丽休闲乡村""全国100个特色村""省级文明村"等称号。近日，"花村"顾家善又成功入选白银市首条特色旅游线路。

绿水青山就是金山银山。有党和国家政策的帮扶和支持，有顾家善村人的齐心努力，我们有理由相信，顾家善村的未来一定还会更加美好！

“两山”排闼送青来

● 吴敏

中国金融作家协会会员、江西省作家协会会员、江西省杂文学会理事，南昌市文艺评论家学会理事，江西省公共关系学会副会长。作品散见于《读者》《意林》《人民政协报》《江西日报》。

如果呼吸有味道的话，那一定是甜润的。

如果歌声有颜色的话，那一定是翠绿的。

如果赞美有温度的话，那一定是炽热的。

叩问时空，对于这片土地，丝毫不吝啬对她的赤子情深，绝非你侬我侬的低吟浅唱，而是平仄起伏的引吭高歌。因为那里的鱼米之乡养育过我，那里的唐宋遗落陶染过我，那里的温婉江南润泽过我。

东南西北中，山田林湖草。得益于大自然慷慨馈赠，自古至今，江西便是物华天宝、人杰地灵。唐代韩愈劝朋友“莫以宜春远，江山多胜游”；宋代苏轼赞誉“江西山水真吾邦，白沙翠竹石底江”。山高水长，千年时光。过往繁星，岁月斑驳。但这幅风光旖旎的大江西画卷，胜境依旧、魅力无限，天蓝、地绿、水净，自然之美、生态之美，一览无遗。固然，这和新时代的江西人，珍爱、保护这片山山水水密不可分。

这是具有江西特色的“凡尔赛文学”体正确姿势。“高调”的炫耀来自低调的底气。

保护好鄱阳湖一湖清水，再现“秋水共长天一色”。犹记得十多年前鄱阳湖岸边的猎鸟枪声，惊恐了来自西伯利亚的尊贵客人。殷红的鲜血，洁白的羽毛，被惨烈映衬，猎杀只为那一口“天鹅肉”，荒唐至极、愤怒至极。大痛必然大治，如今，那些高空林立，只为捕杀鄱阳湖白天鹅的“天网”，已经全部销声匿迹。给天鹅和白鹤们一个安全的家，不再是童话故事。江西省人大常委会审议通过了白鹤为“省鸟”，沿湖政府设立专门保护队伍时刻监护，候鸟天堂名副其实，候鸟又可以尽情栖息、繁衍、迁徙……关闭沿湖污染企业，禁止鄱阳湖捕鱼，实施渔民上岸工程，保护一湖清水，全国最大的淡水湖正在治愈，焕发勃勃生机。落霞之下，飞鸟成群，长天一色再现。

打造好美丽中国“江西样板”，续写“风景这边独好”。山江湖工程、国家级生态文明先行示范区、长江沿岸大保护……这是富有时代印记的江西符号，见证江西生态文明建设的探索与实践，让江西成为生态“优等生”。生态补偿机制、河长制、林长制，打好蓝天、碧水、净土保卫战，治山理水、显山露水，江西让绿色底色成色更足了，生态发展亮色更亮了，风景这边独好的品牌更响亮了。

践行好绿水青山就是金山银山，共筑“人与自然生命共同体”。如何守护故土家园，好让后人诗意地栖居蓝天净水，为子孙后代留下一片秀美山川，这是时代之问，也是时代之责。赣鄱大地上孕育一场发展理念的变革，红土地上掀起一场绿色革命。江西坚持践行“绿水青山就是金山银山”理论，深刻把握历史方位和发展大势，正确处理经济发展与生态保护的关系，将清新的空气、清洁的水源、良好的环境，与土地、资本、工业产值视同为发展要素保护好、利用好、发展好，书写绿富美的逆袭故事。坚持将“绿水青山就是金山银山”理念作为价值准则和行动指南，推进绿色发展，释放生态红利。倡导绿色生活、品味生活，实现人与自然共荣共生、和谐发展。

晋代陶渊明写九江“采菊东篱下，悠然见南山”；宋代辛弃疾写上饶“醉里吴音相媚好，白发谁家翁媪”，无不是江西生态文化源远流长的写照。滴水藏海，告别千年农耕文明，在新时代社会主义现代化国家建设新征程中，江西江山如故、山水依存。

唐宋八大家之一的江西籍大文豪王安石曾写“一水护田将绿绕，两山排闼送青来”。无巧不成书，践行“绿水青山就是金山银山”理论，今日江西，一水护田将绿绕，“两山”排闼送青来，有了全新的历史书写，有了更加丰富的现实语境，有了更加充沛的想象空间。

再回青泥湖

王春芳

笔名木棉。湖北黄梅龙感湖人。爱好散文，短篇小说。湖北省作协会员。作品散见《散文选刊》《长江文艺》《东坡文艺》《黄冈日报》《鄂东晚报》等。

一

青泥湖是我们的摇篮湖，我们小时候都喊她“亲你湖”。

一年四季，春夏秋冬，她的美是多彩的。

还记得一群懵懂少年么？东方的太阳才升起，珍珠一样的露水端坐在荷叶中心，风儿轻轻吹，荷叶悠悠舞，珍珠就溜溜滚到小少年黝黑的脊背上。再分散成几粒小珍珠，顺着小少年的脊背，融入湖水。

还记得那青涩的小妹么？头戴荷叶帽，手端搪瓷盆，搪瓷盆上盖荷叶，荷叶下几尾鲫鱼在懵懵懂懂地找出路，还有一条刀鳅。只见刀鳅不堪被囚禁，积蓄力量，奋起一跃，越狱一般冲出搪瓷盆，吓得小妹连盆带鱼一起扔了。正在摸鱼的哥哥，眼睁睁看着自己一上午的劳动成果蹦蹦跳跳又回到了湖里，怒不可遏，上来给了小妹两巴掌。小妹委屈得不敢哭出声。湖水泛着细浪，像是嘲笑这对兄妹沮丧的笑纹。

青泥湖也许不会记得这些，因为那个年代这样的故事实在是太多。捉鱼摸虾，那是男孩子们的功课。作为女孩，专属职务是扯猪菜。

春节后捉的一头猪仔，到年底要承担过年的开销和来年兄弟姊妹的学费。为了激励小妹多扯猪菜，母亲还承诺，年底卖猪后，给小妹做一件花衣裳过年。

妞妞姐和丫丫都是小妹扯猪菜的小伙伴。放学后手挎竹篮，结伴而行，形影不离。

新春伊始，油菜和蚕豆脚下，都长着一层嫩嫩的鹅儿肠。火炬形的绿叶，淡绿色的茎，清脆清脆的，折断的口子流出晶莹剔透的汁液。无论是生吃还是拌点细糠煮熟，都是猪儿的最爱。它大口大口地吞咽，哼哼唧唧的，抖动着大耳朵，很享受的样子。

童年的小妹和她的伙伴都捉摸不透一件事，为什么结了长长豆荚的油菜和蚕豆收获在即，生产队的支书却命令拖拉机手把地耕了，好好的豆荚埋到地下去。还有那整片水田里红花草籽和蓝花草籽，多漂亮啊，花儿还没谢呢，也全部耕了，埋在黑色的泥土下。多可惜。

小妹的爸爸宠溺地摸着她的头说，傻孩子，这些作物埋在土下，是化着绿肥的，今年的稻谷和棉花，靠它们供养呢。小妹这才恍然大悟。

青泥湖的冬是萧杀苍凉的，呼啸的朔风似利剑能开肠破肚，让全身寒个透。但青泥湖的男人不畏惧这些。他们把湖分片抽干，喝上半瓶酒，就赤脚下河捉鱼。有扁担长的草鱼，还有板凳长的鲤鱼。按人口分配，七八口大家庭能分一大麻袋。小妹的妈妈把鱼洗了，剖了，鱼头挂在屋梁上，鱼尾拖在吃饭的大桌子上。小妹围着桌子转啊，幻想着等分肉了，猪骨头炖藕汤，那年味就美滋滋地来了。

春天到了，队上会组织妈妈们挖芦苇根。洗净，白白的。学校的操场上，架起食堂的大铁锅，放入芦苇根，清水煮沸，一股清香味就氤氲在学校的上空。一人一碗，淡黄色，微甜。儿时的特色饮料。

秋收季节，青泥湖的大地上，父母们忙得屁股不落板凳。

阳光被风、雨、云淘洗过之后，含着软，浴着香，裹着暖。洁净又透明的空气里，稻香变得浓烈起来，整座村庄都陷落其中。

只有妞妞姐，挑着谷垛走在田埂上，流着泪。她的父亲有病，弟弟尚小，她辍学了，做工分补贴家用。她说她恨青泥湖，恨这片土地，恨她的贫穷，她的辛劳。

二

二八花季，湖水滋养的小姑娘，出落得水灵灵模样。像鸟儿的羽毛已经丰满，翅膀已经硬朗，她们向往蓝天，渴望搏击长空。

妞妞姐到了待嫁的年龄，说媒的踏破门槛。可她不想过穷日子，不想面朝黄土背朝天，不想走下雨后糍粑一样的泥巴路。村里唯一的高中生，会吹口琴的程二哥，信誓旦旦承诺会给妞妞姐好日子。土里出黄金，祖祖辈辈赖以生存的富饶土地难道养不活人？他掏心掏肺苦口婆心劝妞妞姐留下。妞妞姐斜睨他一眼：靠那亩产几百斤的稻谷也能过好日子？终是落花有意流水无情。妞妞姐被一辆红色桑塔纳接走了，开车的是那个开了几年发廊就腰缠万贯的个体户。

看着小轿车扬起的尘土，程二哥眼睛里闪动着不屈的泪光。男人怎么可能在自己喜欢的女人面前缴械投降？他咽不下这口气。他要致富，要改变乡村。

我们青泥湖不是鱼米之乡吗？我们湖里的鱼儿不是远近有名吗？就让鱼儿为我们开辟致富之路。我们要做大做强，富甲一方。

程二哥带头开疆辟土，承包湖滩。洒下草甘膦、百草枯，除去荷叶和芦苇，挖出了两百亩水面积的鱼塘，又承包了两百亩稻田。

为降低成本，程二哥在鱼塘的坝埂上，种了深绿的黑麦草。一大片，在风儿的号令下，一会儿左一会儿右，整齐地摆头。程二哥弓着腰，戴着草帽，淹没在绿草中，挥汗如雨，割草喂鱼。养出来的鱼儿虽不及野生鱼味道鲜美，但吃起来肉质柔嫩。程二哥赚钱了，买了耕地机，收割机，自己做上了庄园主。

为了增加产量，程二哥不割草了，改用投料机喂鱼。每天让工人驮几包鱼饲料抖入那永远也喂不饱的投料机，暴风雨一样砸向鱼塘中。那浑圆的鱼儿摇摆着笨拙的身体守在附近，等待着各种添加剂组合而成的“美味”。程二哥也像他鱼塘的鱼儿一样，挺着肚子，艰难地迈着八字步，大将军一样，指挥着他的工人劳作。

再种两百亩水稻，程二哥依然是闲庭信步。

程二哥富裕了，给整个青泥湖的乡亲指引了“方向”。养鱼的，养猪的，养鸭的，养虾的。一道道鱼塘坝，撕碎了蓝天白云的倒影。成群的鸭子，成群的鹅，搅浑了一池清水。

青泥湖的成功，成了他乡的教科书，吸引了四面八方的来客。

富裕后的青泥湖不再有辍学的孩子。丫丫和小妹，顺顺利利读完了小学初中高中大学，成为天之骄子，成为他乡建设的顶梁柱。闲暇之余，她们用自己手中的笔，一遍又一遍地描述自己的家乡，儿时的天堂。

节假日，一批又一批的同学同事，陌生的读者，慕名而来。吃青泥湖的野生鱼，野生藕，看青泥湖的荷叶连田田，闻着村庄里漫溢的稻香，流连忘返。

然而，青泥湖的味道却渐渐变了。细而长的野生藕没有了，被鱼塘取而代之。他乡引进的品种，种在湖田里，长出来的藕或嫩白或褐色，炒藕丝还脆脆的，炖汤，似乎永远也炖不熟。

小妹带孩子回娘家。为了给孩子找点好吃的，外公在东方刚吐鱼肚白的时候，就到了湖边等野生鱼。

春寒料峭，湖风尖锐，吹得皮肤皲裂。湖水泛起的细浪被满湖的竹竿分解。小妹问爸湖里插那么多竹竿干什么？爸爸告诉她，是转箱，给鱼布下的迷魂阵，小鱼进去后都出不来。那大鱼呢？小妹问。湖里几乎没有大鱼了。爸爸说完这句话，叹声气，埋下头。湖风乘机掀起他的头发，乱蓬蓬的，像一撮灰白的乱茅草。小妹有些心疼父亲，说爸你别太费神，随便买点鸡鸭鱼肉都可以。爸爸白了她一眼：哪能让宝宝吃那些呢？猪和鱼的饲料里太多的添加剂，我们自己都不吃。

青泥湖还是青泥湖，青泥湖又不是青泥湖。她像一个体力严重透支的母亲，没有足够的营养，没有片刻的休养生息。日渐苍老，干瘪，病入膏肓。

青泥湖，我们亲你？

三

2009年9月18日，经国务院办公厅批准，龙感湖国家级自然保护区成立。青泥湖位于保护区内。撤销养殖场，迁移民众，还原湖滩草甸。十年的疗伤，十年的修复，十年的牵挂。

青泥湖，你可安好？

菊香枫红的时候，小妹，丫丫，妞妞姐，再次相约，相聚青泥湖。年轮在岁月中浸泡，她们已经是退休在家的中老年人，舞台的主角已经让给孩子们。怀乡，还乡，是她们的父辈在弥留之际无法释怀的心结，也是她们自己魂牵梦绕的念想。

近乡情更怯。路面已经加宽到九米，进入乡间，也有七米。车如过江之鲫，来去自如。

到了曾经的家门口，双脚踏上土地，熟稔的气息，直抵人的心底。这是她们深知的故乡，就像一把铁锹了解泥土，一片叶子熟读秋风。二十多个秋日，所有的记忆片段都悄无声息地散落在身后，直到她们的眼里，蓄满秋风。

粮食已经归仓。错过了稻谷用金穗铸就的壮丽田野景观，天地间显得空旷。田间还有不少倒伏的稻茬和堆放的稻草，吸引来各种鸟类，寻找遗落的稻谷。

天鹅的出现让三人十分意外。洁白的天使，用翅膀擦拭着天空，嘹嘹的叫声彰显不屈的斗志。几丈之遥，它们无视她们的存在，无所顾忌地投入紧张繁忙的觅食之中。从吃相上看，它们对这块土地应该是熟悉的，就像在自家的壁柜里拿取食物，轻车熟路又津津有味。这些精灵的到来，让整块沉寂的原野，豁然间灵动起来。

堤外是清澈的湖水，太阳下，一浪追着一浪，闪着粼粼的光。一群垂钓者沿着坝脚一字排开，凝神屏气，盯着浮标。草甸上，零星点缀着消失多年的车前子、凤尾草、田七等中草药。野生植物的生命力也够强大，只要人类停止杀戮，它们就会伸出头，盎然向上。堤坝相比原来，加宽增高，显得大气。坝面水泥铺就，像给大湖戴上了银项圈。

妞妞姐看见了远处的程二哥，背着手，像一个无家可归的游子，低着头漫步在细润漫平的湖滩。他的身体似乎有点浮肿，头上的毛发犹如冬天的树叶。一大片水就在他的脚边，浮浮漾漾，缓缓扑向岸边。程二哥忽然站定了，像是在看水，又像是什么也没看。是出神，带有几分落寞。

妞妞姐喊了一声程二哥，他像是惊醒了，转身看了一眼丫丫和小妹，然后盯住了妞妞姐。他们眼中都射出喜悦的光芒，但旋即暗淡下来。这是一对为改变命运付出毕生精力的人，千辛万苦，渴望爬到山顶看风景，当他们精疲力竭地坐在山顶上时，突然感觉不过如此的时候，脸色显出那种颓废迷茫的神情。

妞妞问：你的俩孩子不都在城里买了房吗？你怎么不随他们一起去呢？

程二哥轻轻摇摇头，他转身再次注视着大湖，湖面清爽，湖水浩荡，远处的一大群野鸭练兵布阵一样，一会儿遮天蔽日地飞向天空，一会儿冲锋陷阵杀敌般俯冲入水。丫丫和小妹惊喜地叫了起来。按照辈分，小妹应该喊二哥为二叔的，她扯扯他的衣袖，像小时候要赖皮一样：二叔，我想坐船到湖中去玩。

程二哥笑了，说现在哪有船呢？国家级自然保护区，禁湖十年。所有的捕鱼工具都上交了，唯一可以允许的就是钓鱼，一人一竿。

那你还住在这里干什么？你住什么地方？妞妞似乎又回到了邻家小妹的角色，忙问道。

程二哥指着一栋两层楼房边的小平房说：挨着青泥湖办事处，筑个小巢留宿。踩在青泥湖的土地上，我心里踏实。走遍天下，我也只熟悉这一片。

四个人沉默无语，心里似有无限心事，一路走走停停。初冬的风迎面拂来，有几分寒意。路旁的一丛芦苇秆上，站着几只沙鸥，羽毛在风中抖动，见有生人来，抿了一下翅膀，飞入蓝天。

一腔平淡爱高山

——王蒙先生的绿色情缘

● 王琳琳

生态环境文学的参与者、推动者

早在上个世纪80年代，王蒙先生便与生态环保结下了不解之缘。

当时，《中国环境报》副刊“绿地”从1985年起先后开展“祖国环境美”“胜利杯”“绿色三明杯”等多次环境文学征文活动，大量的环境文学作品应运而生。随之，陆续开了八次作家座谈会，讨论环境文学创作和发展问题。

这些活动得到了众多知名作家朋友和业余作者的热心关怀和积极支持。这些知名的作家中，起到核心与关键作用的就有王蒙。

在一次作家座谈会上，时任国家环保局局长曲格平谈到，人类面临着严峻的环境挑战，包括土地沙化、森林减少、气候变暖、臭氧层破坏等，这些都给人类生存带来威胁，希望作家们在拿起笔讴歌人们美好心灵、祖国壮美河山的同时，也要鞭挞某些因袭的愚昧，来唤醒人们的环境意识。

当时，有作家建议，应把大家组织起来，并尽快建立一个发表环境文学作品的阵地。这个主张得到与会作家的一致拥护。

经过王蒙和知名作家冯牧以及时任《中国环境报》副刊部主编高桦等近一年的努力，环境文学研究会在1992年初正式成立。在成立大会上，王蒙倡议创办一种环境文学刊物，并亲自起名为《绿叶》，得到大家的赞同。

1992年1月，《绿叶》杂志正式创刊。在创刊号上，王蒙倾情写下了文章《赞美绿叶》。文章里，王蒙深情地写道“我们赞美象征生命的绿叶，我们欢迎它的降生”，并呼吁“让我们拥有更多的绿树和绿叶吧，让我们做一片又一片的能够起一些净化空气和调节湿度作用的绿叶吧，让我们呼吁减少一点化学污染、噪声污染、水土流失、沙化和野生动植物的毁坏吧，让我们生活在更加美好、更加纯洁、更加健康的生态环境中吧”。

王蒙在文章中还旗帜鲜明地提出“作家天生应该与环境保护工作者携起手来”，“作家天然是环保工作者的同盟军”。

王蒙说，作家总是更容易接受环境保护的理论和实践，并非作家都懂多少环境保护的理论和知识，而是说作家毕竟更富有对于自然、对于祖国河山、对于一切生命的感受和热爱。作家也往往更早一点自觉或者不自觉地发出保护自然、保护环境的呼声，警报环境破坏的危险。

在以后很多重要的场合，王蒙都向外传达着同样的观点和看法。已故作家赵大年记得，在一次会上，王蒙说，过去都讲战争和爱情是文学的两个永恒的主题，我看还应该加上环境这个主题。

此外，王蒙先生还付出大量时间和心血，推动了两次世界环境文学研讨会的召开，团结和联系了一大批国际生态文学的创作者，促进了生态文学和生态文化的国际交流与合作。

王蒙先生身体力行，极力推动着环境文学的发展壮大，促进了全民生态环境意识的提高。

热爱大自然、热爱生活的写作者和记录者

作为著作等身的文坛大家，王蒙先生体味过“半生多事”的苦难艰辛。但他始终保有“九命七羊”、永不言败的激情与

活力，始终不变地热爱着生活，热爱着大自然，从大自然中汲取能量和智慧。

他十分热爱大自然。

1997年，王蒙前往北京郊区雕窝村居住写作。他十分享受那里清新的空气。看满山的柿子、山楂、板栗、梨、杏与花椒，欣赏那里的石与土峰，既有奇石峭壁，也有郁郁葱葱，仿佛不论哪一块都是李可染画出来的。

在他的眼里，雕窝的小动物也“实在可爱”。当时，他住的屋子外有一盏电灯，有一天，拉线电门突然不灵了。经过检查，最后发现是一只飞蛾往电门内部甩了卵，成为不良导体，隔断了电路。村里还发生过一次自来水停水事故，经查，是因一条小蛇咬断了电源线。至于雕窝的虫声、鸟声，更是盛大的交响乐，“是一个天籁乐队”。

王蒙享受着这样的田园风趣。曾经，他与金宏达在雨中举伞漫步，来回有十四五里地，但他却说，“人生能浇几次雨？风风雨雨，不也正是人生的乐趣吗？”他也曾好几次在入冬前，欣赏赞叹着遍山遍野的怪石，体味着寒风渐起的肃杀，观看归林的倦鸟，心中生出无限感慨。

在大自然中，王蒙体会着人生快乐的极致。曾经，他从一句“明月落山中”这样的佳句出发，写下了很多关于“明月落山中”的诗句——

明月落山中，世界经水洗。

……

秋月升悬镜，星辰近可语。

……

皓月正当空，高居临广宇。

高洁自无言，含羞更岑寂。

……

月清不自骄，月满不自溢。

高处不胜寒？冷暖知而已。

……

既是写月亮，也是写自己。王蒙以月为榜样，以月为风格，也被月亮感动着、吸引着。

王蒙还下决心务过农，种过蔬菜、玉米以及一大片草莓。后来，他还种过很多树，专门从遵化东陵移来了两棵梨树、两株黄杨、一株香椿，还找人嫁接过柿子树。一株长得很好，另一株也嫁接成活，但因为遭遇“非典”，嫁接好的柿子树最终也夭折了。

第二年，王蒙又将柿子树嫁接了一次，极为不放心。即使不在北京，出了国，他还惦记着打越洋电话给孩子，嘱咐他们把母树上出的芽摘除，保证柿子树能成活。

此外还有一株杏树、两株小核桃树，不论走到哪里，都是王蒙心里所惦念的。

他说，“有树木可以越洋挂念的人是幸福的。树木就是亲人。”他也写过小说《无言的树》，托物言志，表达了对树木的敬意。

有一首诗，王蒙先生十分喜爱，可以说表达了他的心声。那就是——

草密虫啼好梦酣，一腔平淡爱高山，
怡然叹咏晴空夜，欲枕星辰抱月眠。

“一腔平淡爱高山”，写得多么好。这是王蒙先生的胸襟与情怀,也是他一生的追求。

采风作品选登

（排名不分先后）

眉州三叠

● 徐刚

著名生态文学作家、诗人。著有《伐木者，醒来》《地球传》《长江传》《大森林》等，鲁迅文学奖获得者，中国报告文学终身成就奖得主。

眉州，夏禹贡梁州之城，周武王时为蜀国，春秋战国时为蜀侯蚕丛地，秦武王时为蜀郡地，汉为武阳南安属犍为郡……明洪武九年为眉县，十三年升为直隶眉州属上南道。

——摘自《中国地方志集成·嘉庆眉山属志》

叠一　东坡寻声

久违了，眉山。然而，三苏祠门口的绿竹，却一直在我心中摇曳，并且高耸着。它是我珍藏的一道风景，在北京的书斋中闭目回想，可以不时抚摸，其叶碧绿，其干有节，枝叶悉索有声，鸟儿飞鸣其间。我闭目仰望，以敬畏和愧疚之心仰望。敬畏者，遥想有宋以来第一大诗人、大文豪，敢不敬畏乎？愧疚者，余生也晚，以诵读《诗经》《道德经》及唐宋古文为乐事，几十年从未懈怠，捡其牙慧，拾其余韵，煮字为生，居然侧身于当今诗人、作家之列，能不愧疚乎？1996年访三苏祠，一别之后，人竹两依依，“不思量，自难忘”。庚子年金秋时节旧地重游，你翠竹依旧，我白发稀疏。令人惊叹的是东坡故居中那一尊巨型的东坡塑像，那一双望穿秋水的眸子，透过历史的烟云，我看见了何为形神俱佳，听见了历史深处传来的吟诵：“且夫天地之间，物各有主，苟非吾之所有，虽一毫而莫取。惟江上之清风，与山间之明月，耳得之而为声，目遇之而成色，取之无禁，用之不竭。是造物者之无尽藏也”。

因着赤壁涛声的启发，在如诗如梦的冥想中，我随东坡的脚印到了彭蠡湖口石钟山，东坡因何踏访此山？为其有鸣声大作：声从何来？郦道元认为：石钟山“下临深潭，微风鼓浪，水石相搏，声如洪钟”。此种说法苏东坡不以为然，“今以钟磬置水中，虽大风大浪不能鸣也，而况石乎？”唐代李渤趋郦道元遗踪，在潭边上找到两处山石，“扣而聆之……余韵徐歇，自以为得之矣。”东坡亦不能苟同，击石而发声，有山即是，无石不能，石钟山不可专美也。且石钟山“独以钟名，何哉？”为一探究竟，东坡坐船送大儿子苏迈去饶州德兴县做县尉之机，到了湖口，以一睹石钟山真容。山上有庙，有和尚见来者探石钟山鸣声之来由，便叫一个小童持斧至乱石间，“择其一二叩之，硿硿焉。”苏东坡“笑而不信”，于是趁是夜月明，在湖口与儿子坐一小舟，到了绝壁下，但见石钟山陡壁高达千尺，不为风高浪急所动。夜色下，这一处绝壁因为长江惊涛骇浪，数以千万年计的冲击、腐蚀与琢磨，其状怪异，若神若鬼若兽，“森森然欲搏人”，搏人者，抓人、噬人之谓也。东坡为之一惊时，又有山上栖鹘闻声惊起拍翅云霄；还有更吓人的，山谷中似有老人且咳且笑的声音迴响。正当苏东坡惊恐欲还时，忽然有“大声发于水上，噌吰如钟鼓不绝”。舟人惊恐不已，东坡闻声而喜，循之察之，石鼓山鸣山之妙得而解之矣：原来山壁下，皆是石头的洞穴和裂缝，不知其深浅。却可见：“微波入焉，涵澹澎湃而为此也。”石钟山之有声，苏东坡得而见之也。

《石钟山记》，游记也，《古文观止》有选，叠代流布，其文字简练优美，一也；追石钟山之声响，浮槎于江涛险浪夜泊绝壁之下，而得警世之问："事不目见耳闻，而臆断其有无，可乎？"二也。当世之为游记者众，文字粗疏浮光掠影者亦众。以《石钟山记》为镜，能不羞愧乎？

叠二　息壤黄龙庙

眉山之地何能出苏东坡，出苏门三文豪？其必有天时地利之妙，且多神奇传说，为造化所拣选。《中国地方志集成·嘉庆眉山属志》"形胜"称："峨眉辑于前，象耳镇于后，山不高而秀，水不深而清，广舆记介峨、岷之间，为江山秀气所聚。"李白的诗句更加增添了古蜀国的神秘："蚕丛及鱼凫，开国何茫然！尔来四万八千岁，不与秦塞通人烟……"

古蜀之地，笼罩在浓浓淡淡的神话传说中，且与古蜀地的自然环境、中国的创世神话相关联。一个历史悠久的民族，必以神话传说为序曲。其中多神仙，鬼怪，多无可考证者。其实这是人类之初的一种特殊现象：受当时生产力制约，他们对抗天灾的能力极其有限，但想象力极为丰富，天上人间，瑰丽多姿。然并非全属荒诞，其中蛰伏着也许很少却极为珍贵，在口口相传千百年之后，依然能启发后人的史料，大洪水其一也。我敬佩李学勤先生所言："神话传说是历史的一部分。"

“神龟息壤”是古蜀地典型的把历史人物重组并赋予新的使命的美丽传说。某日，有名叫鲧的天神在南天门为涛声吸引，只见银河之水向着下界飞流直下，下界何界？古蜀之地也。蜀地悉数淹没，只有峨眉金顶、瓦屋山顶依稀可见。蜀人在山顶上抱树而呼：天呐！救命呐！鲧知道天帝藏有名息壤的青泥宝物，那是天帝巡游银河所见，那青泥可以挖成泥团制作万物，也可以撒落人间，成为大地沃野。天帝直呼“此宝物也”。命天兵天将挖掘青泥，运回天宫密室，而挖掘处便成了银河的一个大缺口，银河水于是摆脱束缚奔放汹涌自天而降。鲧匆匆赶回天庭欲向天帝禀报，正巧天帝与王母娘娘有约，去昆仑山悬圃赴蟠桃之会，深夜不归。鲧徘徊惆怅之际，好友神龟、灵燕问：“何事烦恼？”鲧诉说人间蜀地水患事，惟息壤青泥可救，而天帝恰又不在，无计可施也。灵燕急呼：“救命事大，盗之何妨？”鲧是天帝近臣，传旨道：“天帝寝宫灵霄殿卫兵守护辛劳，赐玉液琼浆酒一坛。”卫兵雀跃，喝到烂醉如泥。鲧从玉柜中取出息壤，堆放在神龟背上，一团又一团的青泥，把号称天宫大力士的神龟压得蹒跚而行。灵燕见状衔来一朵彩云，驮着神龟，先堵住银河缺口，再出南天门，降落在羽山上。鲧和灵燕便把息壤撒向波涛，只见那息壤一落水便生生不息，先是青泥堆砌，后成长堤逼退洪水三百里，安澜于岷江。山丘复见，平坝如初，蜀人重修家园之地。此地何地？古眉州地也。

天帝得报息壤被盗，降旨捉拿鲧和神龟、灵燕。神龟与灵燕逃脱，从此身归凡界。鲧被处以极刑，死不瞑目，手里还握着最后一把青泥。蓦然间，在眉州民众的哭喊声中，风声大作，但见一条黄龙背负着鲧的身体，直向松潘藏龙山飞去。鲧松开手，最后的息壤青泥撒落松潘，松潘一带始有林海草地。鲧的儿子禹继承父业，为疏通岷江水道，大禹驾独木舟，去藏龙山下观察山形水势时，突遇大风大浪，大禹的独木舟正将颠覆时，黄龙又见，背负大禹跃出狂涛。藏龙山有黄龙寺，每年农历六月十六日有黄龙会，周边的藏、汉、羌等各族人民前来祭拜鲧、大禹和黄龙。是夜，天上星汉灿烂，江畔总有大龟出，灵燕歌。

叠三　瓦屋山

北纬30度线，是地球上灾难和奇迹、黑暗及光明、毁灭与创生交织共存的，最为诡异的一条纬线。历史上，这条纬线上发生过地震、海难、火山喷发等重大自然灾害，但又是玛雅文明遗址，埃及金字塔、百慕大三角洲等所在地；更令人惊讶的是，北纬30度线贯串四大文明古国，尼罗河、幼发拉底河、长江、密西西比河均在这一纬度入海。美国艾尔曼编著有《中国的北纬30度》，写到这条纬线横穿中国心腹地带，自喜马拉雅山脉起，经西藏、四川、湖北、湖南、江西、安徽、浙江等省份。

当北纬30度线经过四川眉州时，造物主似曾反复思量：怎样造一座不寻常的山？于是天工开物，山顶高台呈桌面状，中国第一桌山是也。在遥远的历史年代，这山顶是众仙聚会之地，先是云端仙女环伺，佛道众仙或双手合什或执拂拱手，分列屋顶，品茗赏花。春分那一天，第一丛瓦屋山杜鹃花开，然后从古佛坪到山顶鸳鸯池，自下而上，在2800米的高度上，时序先后，次第花开，直至原始森林的古树上。干也古老，枝也古老，苔藓也古老，唯千年古树上寄生的杜鹃花与春雪相伴，有青春曼妙之态，演绎着古老的寂寞，古老的平静，古老的皱褶拥抱着娇媚芬芳。英国植物学家，号称“植物猎人”的亨利·威尔逊，自1899年至1911年5次来到中国。足迹遍及横断山区、大西南地区，以在四川范围内搜集奇花异草标本或种子最多。1908年，威尔逊访瓦屋山，停留十余天，当他沿崎岖小路登上老树、水泊、花草簇拥下的山顶平台时惊呼道：“这就是诺亚方舟！”桌山的称谓，我是1996年春夏之交参加《中国林业报》生态文学笔会时，初次听说。还记得当时的惊讶：山峰以峻峭挺拔为美，山如一张桌，桌是一座山，此山怎样造就？此山不与众山同，那是何等气派：虽千万山吾往矣！苏东坡没有登过瓦屋山，然而，如果不是古蜀眉州神秘奇特的山川、历史和神话传说的包孕，会有苏东坡的笔墨淋漓汪洋恣肆吗?

我第一次去瓦屋山，住玉屏山庄。山坡上的小木屋，每每有松鼠到访，在窗沿上巡视。松鸡爱在早晨和傍晚鸣唱，只闻其声，不见其影。上山下山，无论天晴天雨，总有雨点滴答，路在林中故也。雨露滋润着这些松树和柳杉，并且驻留于它们的枝叶，小风吹过，便随意滴落，有的正好落在我的头顶上，叮咚有声。犹记得是年12月，北京奇冷。某日深夜写《林中路——致瓦山》。如今重读，有讶异：当年徐刚也曾略有文采啊——“亲爱的瓦屋山，北京已是冬日，白杨和枫树的叶子在昨夜的一场寒流中悉数落地，有几片树叶打着旋儿飘到我的窗前，看我给你写信。还记得临别的前夕吗？我在林中路上漫步，从深夜到黎明。你的小路上还留着白天的雨水，淡淡的路灯照亮了伸向路边一侧的每一片树叶，每一片树叶上的水珠。寂静与温馨使我毫无睡意，却又怕惊动了森林之夜的梦，这是另一种因着爱的举步维艰……”我还想迷失在瓦屋山的梦里，“成为一粒野种，吮吸你的湿润，缠结你的根，游走嶙峋石缝间，看大地怎样稳固。”环绕玉屏山庄小木屋的森林，是林场工人挖石掘坑种植培育了30年的人工林，当林子中有老树相继枯朽，倒地，便有了小木屋的构想：沿着山坡，以树墩为房基，所有的建筑材料都来自森林中：木梁柱，木门窗，木墙板，乃至树皮装饰。推门，人进木屋，木香扑面。每天清早都会看见一个清扫小路的老人，一个退休的林场职工把落叶和垃圾捡拾干净，上坡下坡，不辞辛劳。他说："当年我种树，如今树养我。"林下有香菌、蘑菇，山好水好空气好，"那就是养人养心呵！"

我的遗憾是1996年之行，没有能上得瓦屋山顶，一望原始森林。离别时山上雪阵苍茫，山下雨声不断。我曾有一问："雨吻和雪吻，哪个更销魂？"

余韵

2020年秋日的眉州之行，又访瓦屋山，终于由索道而登顶——古树簇拥，池水清圆，一平如桌的瓦屋山顶呵！有声音传来，如鼓乐，如弹琴，如吹笙，如排箫；时远时近，时重时轻，想起了放翁的诗句："山横瓦屋披云出，水自牂牁裂地来。"从山顶往下一望，72条瀑布在夕照下，如牵挂在天地间的白色琴弦，弹拨着天籁之曲。瓦屋山的瀑布是山有多高水有多长，从桌面的峭壁处流出，源源不断地流出，遇有峡谷险阻，舍身而下，义无反顾，涓滴聚合依然是流出，温柔地流出。

瓦屋山瀑布使我想起了爱默生的名言："自然界处处都由

高处向低处坠落。”长江、黄河的源头，高峻而神秘，或者冰雪融水，或者涌泉汩汩，又或者阳光普照大地，月色倾泻旷野，春雨如注，秋叶凋零，冬雪纷飞……这一切不都是坠落吗？坠落是柔和的，“它的柔和就是瀑布之顶的滑动。”自桌山顶俯望，我的心里为激情和幸运充满，我能清晰地感觉到，“它的柔和就像是瀑布之顶的滑动”“既不能剁碎，也不能分解……你当感受和爱，并在精神中体察”（爱默生语）。

瓦屋山顶的瀑布啊，倘若蒙你允准，让我的感恩和语言落在你的流出之地，融合在水滴中，随飞流而滑动，我也会变得稍稍柔和吗？

在瀑布之顶柔和滑动发出的天籁声中，雨吻和雪吻，都会生出对大自然的绵绵爱意，然后坠落。

从柴桑河到海棠竹里

● 叶梅

中国作家协会主席团委员，中国散文学会会长。近期作品有小说集《歌棒》《玫瑰庄园的七个夜晚》，长篇纪实《美卿》《粲然》《梦西厢》，散文集《根河之恋》《追云记》等。有多部作品被翻译成英、法、日、韩、蒙古、阿拉伯、印地语、保加利亚等文字。

有一些地名，是如此之雅，分布在中华大地上，如闪亮的珠玑，尚未走近，便被它晶莹的光而诱惑了。它们的意味与那些美丽的山川融为一体，由祖先及后人小心地呵护着，日久弥新。

庚子年初冬，我随《中国环境报》“大地文心”生态文学作家采风一行来到四川眉山，经东坡、丹棱、洪雅、青神几地，一路走来，但见满山秋色未减，红叶纷飞，绿树翠然，古韵犹存而又饱含新生态。

一

苏东坡一生多在外为官或游历，但无论走到哪里，见了好山好水，都免不了勾起对眉州的回想。有一次在江苏阳羡漫游时，见那独山立于画溪之东，奇美似故乡眉山之状，他则不由恍然心动，叹道：“此山似蜀”。这一声叹息，惊倒世人，为此竟把独山之名改作了蜀山。

白驹过隙，那使江南秀丽山水都情愿化为蜀山的古老眉州，在上个世纪末经历了工业化、城镇化、现代化的几番加速，几番熬炼，河流山川也几度险遭污染，近年来又向险而生，再度焕发本真，呈现出一派雨过天青的绿色祥和。

我们先是来到了东坡城市湿地公园，又听人介绍了仁寿县的柴桑河，感慨中多有怀想。柴桑河，这自带美意的河名由何人所取，一时无从考究，但知柴桑一语出自江西九江一古县名，却是诗人陶渊明的家乡，因县西南有一柴桑山而得名。陶渊明晚年隐居故里，自是欢喜树木交荫、时鸟变声的田园风光，后人因此便以柴桑借指故里。

这柴桑河想必也定有其意。

它虽然并非一条大河，但自仁寿李家沟发源，倒流北行，牵动了十几条小溪，最终汇入鹿溪河、赤水河，进入岷江。两岸人烟稠密，所谓柴桑河，应是文脉相传的眉山人对家乡的一份爱恋。

然而，这条河一度因工业开发及两岸的人口剧增，水质变得浑浊不堪，甚至发黑，上浮一层层油腻，隔三差五翻起一堆堆死鱼，炎热的夏天，臭味连河边的小草都熏蔫了。两岸的人叫苦不迭，从前在河里打鱼摸虾的人们再也不敢与它亲近。据说一个不谙世事的小姑娘曾带着三条鱼来河边，想将它们放生。没曾想到河边一看，吓得掉头就往回走。她说河水太脏了，还是让小金鱼在家里养着吧。

终于有一天，人们意识到，这样的情形再也不能延续下去。眉山人开始迅速行动，眉山各地先后开展了对河流的治理。他们打破行政区域，建立三级河长制，坚持“谁污染谁治理、不妥协不放过”，有的放矢，直击河水污染要害。

仅柴桑河全域就查出排污口一百多个，在断污的同时，清除河道淤泥、杂草杂物，禁止肥水养鱼，杜绝畜禽养殖污水直排；全流域餐厨垃圾收集转运；加速污水处理厂建设和提标升级。河体治理的顶层设计有了新思考，新特征，定位为成都眉山同城绿色发展的梦想之河。

几年的治理过后，河边人亲眼看到那条臭水沟又变回了碧波荡漾的清水河，从前一度不见踪影的白鹭也开始频频光临。河道清淤后也得以拓展，原似一条小沟渠，而今风吹杨柳波浪宽，最得意处更是成了波光潋滟的湖面。河岸上栽种了伏地卷柏、翠云草、节节草、团扇蕨等植被，以及数不尽的花儿，开门见绿、推窗见景、出门入园，成为人们生活的一种常态。

柴桑河生态湿地，还有那东坡城市湿地，体现着眉山人的想象力和创造力，在绿茸茸的湿地与散落的小岛之间，自有蜀山风格的亭、台、榭、廊、桥环绕，一直延伸到人们的生活区，逐渐被赋予“公园城市”的独特内涵。

融入现代元素，延续城市历史文脉，让群众生活更舒适的理念，体现在眉山河流治理的每一个细节之中。

让人好生念想的“柴桑”二字。柴桑之河，故乡的河，又何止在眉山，在四川？无数的乡愁之河，在你我心里，那昨日的悠长，今日的浪花，点点滴滴，都让人疼惜不已。

二

丹棱，这美妙的名字，古老而大雅。据《今县释名》：“县北有赤崖山，高耸赤色有棱，如鸟游之状，拱翼县治，丹棱之名，盖取诸此。”始建于隋开皇十三年的丹棱，名字得来已逾千年。

那座如赤乌飞翔之状的山下，人杰地灵。北宋年间，当地有一位英俊奇伟的名士杨素，有意重振诗圣杜甫宏远雅正的诗风，专程去到黔州——今重庆彭水，请当时被贬谪于此的黄庭坚，手书杜甫于巴蜀的诗作三百余首，并出资由能工巧匠一一刻成石碑，在丹棱城南三里高庙沟修建了一座高屋，将石碑全部陈列其间。竣工之日，黄庭坚欣然为之题名“大雅堂”，并作《刻杜子美巴蜀诗序》和《大雅堂记》叙其事。

黄庭坚告诫后人学杜甫不要穿凿于文字工律之间，而要体会其中深意，虽然大雅之堂难登，但他也相信，总有年轻人会有所醒悟，得其精髓，“后生可畏，安知无涣然冰释于斯文者乎！”

丹棱当属大雅之地，有大雅之风，不仅来自高雅的庙堂，更来自充满人间烟火的江湖，来自芸芸众生。

十年前，四川省针对农村生活垃圾的处理，建立了“村收集、乡镇运输、县处理”的机制。丹棱县委书记一班人专门为此走访了一个个乡村，他们来到了一个叫龙鹄村的偏僻地方，村支部书记罗朝运一听说要解决垃圾问题，马上就来了劲。

不用说，那时只要一走进龙鹄村就会发现，各家各户都是哪里方便就把垃圾倒哪里。随着垃圾数量、种类的增加，大自然的自净能力跟不上，曾经秀气洁净的龙鹄村，走几步就能看见一个七零八落的垃圾堆。下雨天，冲到河里的废塑料、污物将整个水面都盖住了，村民们路过都要捂着鼻子。为了整治河里的垃圾，每年村干部和村民代表，都要租船到河里去打捞，一捞就是好几天。

罗朝运随着跟县委书记结了对子，共同商量垃圾处理的法子。

“开始修建垃圾池，但是时常溢出散落，住在附近的村民就吵闹。”罗朝运话说当年，“那时候，我们修到哪就被赶到哪。”村里以每个月600元钱雇的两个保洁员也效果不大，人少地方大，钱少不积极。常是前脚才清理干净，后脚又被人倒得满地都是。罗朝运苦恼得很，一次在田坎坝上摆“龙门阵”，说起这事，一位村民笑道，“书记，你干脆把全村垃圾承包给我，我负责弄干净，你一年一次性给我钱就行。”

罗朝运一盘算，要得。他请村民每人每月交1元钱卫生费，然后用这钱在全村进行生活垃圾承包竞标。人们一听好新鲜，全村402户人家，踊跃地来了398户，7个村民投标，4个村民竞标。罗朝运记忆犹新，“当时，一年承包价是5万元，只能向下浮动。竞标村民要上台去面对全村人讲述自己的垃圾处理方案，一开始，那几位还有点放不开，到后来说得带劲，停都停不下来了。”最终，一位村民以36400元的最低承包价中标，成为龙鹄村第一个垃圾收运和公共区域常态保洁的责任人。

他又找了两个帮手。报酬由全村每人每月缴纳的1元钱“卫生费”来支付，差额部分由村集体资金补齐。

从此，每天一大早，村里的垃圾池就被清理干净了。还将村民倒在联户池里的杂草、谷皮等能堆肥的挑出来，运到组分类减量池里，再经过一定时间的沤积之后埋到村里的果树下。其他垃圾则汇集到村收集站，再由县里的压缩式垃圾转运车运至眉山市垃圾填埋厂。一年下来，扣去成本，这几位的所得在8000元左右，虽然钱不算多，但只是他们每天的一个早工。他们干得愉快，还因此受到了村民们的信任，在大家眼里，这是一件很重要的事。

1元钱虽少，但启动了村民的责任心，不再有人随意丢垃圾，还把垃圾处理编成了顺口溜，“上到九十九，下到刚会走”，全村老少都能倒背如流——

> 政府投资把池修，垃圾分类往里丢。菜皮皮、烂果果，入池（沼气池）产气把饭煮。建筑垃圾没人要，找块空地来埋掉。塑料纸壳分筐投，卖点小钱打豆油。电池药瓶有毒害，千千万万入黄袋……

如今，走进龙鹄村，立马能感觉到垃圾分类已经成为家家户户的百姓自觉，原来露天的简易垃圾池加门加盖，改造为垃圾分类亭，红桶收集有害垃圾、黑桶收集其他垃圾，既美观又实用。

罗朝运当选为十三届全国人大代表，正与外来投资3000万的企业一起打造“桔橙小镇”。他打趣说，这3000万可以说是被1元钱吸引来的。

不光是龙鹄村，丹棱全县乡村都建立了垃圾处理的办法，由此成为丹棱模式，带着大雅之气推广到了全国。2019年，丹棱县获得全国绿化模范单位荣誉称号；2020年，又获得全国村庄清洁行动先进县称号。

大雅丹棱，是洁净的丹棱。

三

还没走到洪雅，就听同行的老陈介绍，洪雅是国家生态文明建设示范县，森林覆盖率达到了70.5%，负氧离子平均浓度达国家6级标准，被誉为“绿海明珠”“天府花园”。

老陈从前在眉山市环保局工作过，后来又在洪雅当过领导，一说起生态的话题就兴致勃勃，一路给我们讲了不少故事。

说洪雅一名，源于县东北的洪雅川，即今日的安溪河。这河上段名洪川，下段将汇入雅河，故名“洪雅川”。全县河流纵横，青山环抱，九湾十八坳，植被丰茂，中草药种类达2000余种，常用的达几百种，其中杜仲、黄连、厚朴、红豆杉等规模甚大。

说洪雅有“十雅”，指美女、奇石、嘉树、香茶，藤椒、好纸及苦口良药等。这良药便是《本草纲目》和《现代中医药典》中均有记载的“雅连”，品质优良，畅销东南亚和非洲等地，又以黄连花为原料精制而成的养生茶，近年来也备受人们喜爱。还有一种雅纸，是以龙须草为主要原料，手工抄造而成，其色泽、韧力、吸水、渗墨都非同一般，早年就曾受到许多著名书画家的夸赞。最善画驴的黄胄在他一幅《五驴图》上欣然写道：“可喜雅纸也！”文化老人黄苗子的赞誉更是洋溢于笔端，曾直接于雅纸上“挥毫落纸生云烟”。

老陈还告诉我，洪雅的企业为了减少污染，采取“煤改电”，每年利税几千万的青衣江元明粉公司科技创新，两次升级改造，实现了“燃烧零使用，污染物零排放”，以前的废气、粉尘、锅炉排气噪声都不见了。

“十三五”期间，洪雅县专注绿色发展，着力打造健康养生产业、有机农产品和生态工业，让当地人民及八方来客吃得放心、玩得开心、住得舒心、购得称心。老陈笑称：“要想身体好，常往洪雅跑。”

沿途经过柳江古镇，虽略有细雨，却还天气温和，一路似在森林芳草的亲昵之间。但又驱车几十公里，上到远近闻名的瓦屋山顶，却是另一番景象。

那日恰是大雾迷茫，几乎伸手不见五指，影影绰绰的，树梢挂着霜雪，似琼枝玉叶，皓然一色。空气极为清冷、利爽，呼吸间不觉将肺腑中的浊气一股脑儿吐尽。

瓦屋山早在唐宋时期就与峨眉山并称“蜀中二绝”，这山除了走势奇美，东西两侧状若瓦屋，还有山顶倾下的瀑布、白练似的溪流，热气蒸腾的温泉，也似万壑争流，千崖竞秀。而最醒目的还是那颜色斑斓的森林，郁郁葱葱地覆盖着山体，杉树、珙桐、杜鹃、桫椤、箭竹，成片接岭，参差交错，花落树犹香。

过去洪雅人靠山吃山、靠水吃水，在瓦屋山一带修了几十座电站，开了多处矿山，可没想到日子却越过越穷，生态环境也变得越来越差，有的河道开始断流，鱼儿也渐渐少了踪影，山林满目疮痍。

人们意识到再这样下去，过不了多少年，瓦屋山说不定就会变成光头山了。瓦屋山开始全面治理，首先清退电站、矿山，退矿还林，退电还水。此后全面停止小水电站新建、改扩建审批。这个艰苦的清退过程，涉及众多问题，业主资产负债6亿多元，几百名职工面临失业，1267户4000名分散居民电网全新改造……千头万绪，一件件做起。洪雅县委、县政府为此召开千人动员会，领导分片包干，前后一年多时间，工作人员吃住都在山上，不管夏日炎炎，还是寒风瑟瑟，硬是将14座矿山52个矿硐关闭之后再逐一清理，拆除电站43座、整改3座，职工实现再就业，负债有序化解。

几年之后，山体得以疗伤，绿色再现。曾经的风洞前爬满了藤蔓、扁叶竹、鸢尾，灌木已与四周的植被浑然一体。瓦屋山核心区和缓冲区纳入生态保护红线，范围扩大至394平方公里，青山巍巍，一望无际。

四

下了瓦屋山，再往前行是青神县。这带有几分神秘的青神，却是由古蜀国第一代国王蚕丛氏而来，他常身着青衣，教民农桑，老百姓则敬他为神，谓之青衣神。

传说蚕丛氏的祖先原为羌族纵目人，散居在岷江与青衣江上游一带的高原，以放牧牛羊和捕鱼狩猎为生，年轻的蚕丛氏后来当上部族的首领，便带领族人走出山地，来到了岷江中游，在这片水草丰茂的地方扎下根来，故而此地称作蚕丛故里。一身青衣的国王蚕丛，时常与族人一起耕耘，种植，创建了农桑文明，直到建立蜀国。

替百姓做了好事总会有人记得，也总会有人流传。

中国传统的记忆存在文字里，也存在那些大大小小的地名和口口相传的故事里。千百年来，为了纪念和缅怀青衣神蚕丛氏，早在西魏废帝二年（公元553年），便初设青城郡，其后二年，又于青城郡内建立青衣县，北周大成元年（公元579年），为青神县至今。

绵延不断的岁月里，青神人从未忘记这位勤力农桑的蜀王，逢年过节都会敬香祭祀。如今县城北又修建了一条宽阔的青衣大道以及青衣神广场，一尊高大的青衣神雕像耸立在那里，凝视和陪伴着来往的人们。而人们投向他的目光里，有自古以来的敬仰，也有新的尊崇，在他开创的古蜀遗风里，辟新业，重农桑，敬天地，爱江河……正一代代传承下来，在青神延续更新。

但同眉山其他地方一样，青神县多年前的生态环境也变得十分脆弱，在眉山近年全力打好污染防治攻坚战中，青神重点开展了小流域污染的生态治理。

那一江是岷江，五河是粤江、沙溪、筒车、思濛、金牛，三十二条溪则有着数不过来的跳跃的名字，它们来自蜀地的崇山峻岭之中，飞流直下或溪水潺潺，终归汇入岷江。而穿过成都平原，流经青神的岷江，不久之后将到达大佛端坐的乐山，然后自宜宾奔入长江。

这是一道壮丽的历程。

21世纪的青神人、眉山人，不能让岷江在那巍然大佛的眼下，以劣水污质流过，更不能让大佛安坐之时，只能闻到水的恶臭，却见不到鱼虾的欢跳；不能让岷江带病流入长江，给中下游的两岸生灵带去后患。他们打了一场艰难的攻坚战，在青神对小流域进行全面治理，对不同河流采取了多种防污控污的措施。

其中一条思濛河，即将沿岸原种植蔬菜、油菜的土地，改为种植以海棠、翠竹为主的多层次、多色谱的生态缓冲带，大大降低了农药化肥使用量，氨氮含量下降近50%。经过修复的思濛河，化作曲折环绕的“海棠竹溪”，植被蓊郁，河水得以自由呼吸，自然净化，水质改善十分显著。

海棠竹里，也由此成了四方瞩目的风景。

那海棠花姿潇洒，雅俗共赏，素有“花中神仙”之称，特别愿意亲近自然万物的苏东坡也曾写过一首《海棠》诗：“东风袅袅泛崇光，香雾空蒙月转廊。只恐夜深花睡去，故烧高烛照红妆。”

而今那思濛河边，一棵棵海棠树如美人亭亭玉立，想必春来定是花朵烂漫，秋时则金果满树，灿若云霞。苏东坡“只恐夜深花睡去，故烧高烛照红妆”，只是担心黑夜间无法再睹芳容，却不知如今的青神河边，海棠树下又添了闪闪灼灼的萤火虫。那虫儿十分灵敏，对生存环境素来十分挑剔，但近年来，却悄然出现在青神的思濛河边。

每到黑夜来临，它们就翩翩而至，一群群，一阵阵，飞舞在花草丛中，自带光亮，如一颗颗小星星坠落人间。萤火虫映照那花香海棠，斑斑翠竹，流水欢畅。青神青神，可知否？

2019年11月，全国绿化委员会、国家林业和草原局授予四川眉山市为“国家森林城市”。难得的殊荣，果真也是名不虚传。此行走过东坡、丹棱、洪雅、青神，或所闻或所见，这些古老而又俊雅的地方，从柴桑河到海棠竹里，一处处生态环境的历史性变化，见证了如今的眉山清、眉山蓝、眉山绿。

江山如画，一时多少豪杰，那些为保护生态而辛勤劳作，平凡而又了不起的人们也都一一在那画里。

眉山，唱支山歌给你听

● 郭雪波

著名作家，蒙古族，著有长篇小说《锡林河的女神》《火宅》《沦丧》《大漠狼孩》《狐啸》，中篇小说集《沙狼》，中短篇小说集《沙狐》等。

长满苔藓的小路通往幸福

踏上那条小路时，天色已黄昏。

朦胧的晚霞从雾霭中艰难地挣脱出来，把淡淡粉色涂抹在那条小路上，两边岩壁上的绿茸茸苔藓顿时也有了些许的光色，似是冲人露出羞赧的微笑。

沿着崎岖幽径攀援而上，通深处飘着蓝幽幽的雾气，我们的不期而入引来了一阵狗吠声。听着山谷里回荡汪汪狗声，还真有一股别样的远古乡野味道，悠然引发出“古道西风瘦马，夕阳西下，断肠人在天涯”的感慨来。

前边的人渐渐走远，我独自一人在山径上缓缓而行。突然感觉寂静是件多么好的事情，嘈杂总令人心慌意乱的，我喜欢这种惬意的独行。

从对面崖路上走下来一位中年农人，背着竹篓，脸色红扑扑，脚步倒是十分轻捷，如一只大鸟飞旋而来。我惊愕，驻足，把小路让开。他看见我，也站在一边让路，憨憨一笑。

“您老是客人，先请。”说得文雅，出乎意料。

——还有多远可进古村？

——半个多钟头吧。您老慢点走，台阶有些陡滑，路边有靠椅可歇歇腿儿。

我点点头，见他去路边竹制垃圾箱那里清理里边杂物，不由得心想，收垃圾的都这么礼貌，这古村果然名不虚传。

“老人家，我是村里民选的保洁员，不是捡破烂卖钱的哟，嘿嘿。”中年农民见我盯着他看，显然怕有误会，这样解释，同时又露出憨憨一笑。

我诧异，问他，民选是什么意思？

他挠挠头，木讷着介绍，过去吧，村里的生活垃圾往路边山沟随便扔，污染环境，村上摊派清理也是应付了事，缺少责任心。现在村上规定，每人每月出卫生费一元当劳务费，民选一人当保洁工，大家监督。

——噢，你就是那个民选的代表？好啊，拿了大家的份子钱，接受监督，更得有责任心了。现在有些农村生活垃圾成堆，村边河沟乱丢，臭不可闻，已经成了老大难问题！你们村这办法好啊！我忍不住赞叹，伸出大拇哥。那你收集的垃圾怎么处理？

——送到山脚下大垃圾箱，进行分类，再由镇上的垃圾车来拉走处理。

——噢，你们村都已经垃圾分类，系统化处理，真让人刮目相看！

——嘿嘿，我们这政府管理得好，宣传也很到位，大家行动都很自觉。我去干活儿了，您老慢走。

民选保洁员的背影渐渐消失在山路上，依然如一只大鸟飞旋而去。我驻足凝视，心生波澜，这位新时代新农民的精神面貌引起了我浮想联翩。

我要上去的那个村落，深藏在大山褶子里，原名赵桥村，始于明代，有300多年历史，如今改名为“幸福古村”。20世纪80年代，峨眉电影厂曾在这里拍过一部电影《被爱情遗忘的角落》，这个只有30多户人家的古老小村，就像电影里讲的那般，落后偏僻，不仅被爱情遗忘，也几乎被时代遗忘，被生活遗忘，值得往外说的也就是那座300年古石桥和一株上百年银杏树了。

长满苔藓和青藤的岩壁上，开着红杜鹃黄菊花，苍翠的山峁或山坳里农家院正青烟缭绕，偶闻鸡鸣童闹声。脚踩铺有旧磨盘和废旧老瓦片的小径台阶慢慢上行时，隐没在路边绿茵中的扬声器里突然传出一阵美妙的音乐。先是潺潺流水声，接着是鸟叫声、虫鸣声、风吹树叶飘动声、儿童们嬉笑声，然后是一曲舒缓悠扬的乡村音乐飒然入耳，听得人如醉如痴，身在仙境一般。这时扬声器里一个甜甜的女孩子声音在说，刚才播放的一段音乐，是一家外国交响乐团来我们幸福古村录制创作的小小交响曲，也是我们古老的幸福古村融入自然天人合一生态文化的真实写照。

我怦然心动。古村不古，正在演绎中国新农村崭新的交响曲。

此时，耳麦里传来浑厚的男人声音，大家好，我是龙鹄村党支书罗朝运，欢迎大家来丹棱做客。他简单介绍了龙鹄村是如何发展特色种植业，走农桑与旅游融合之路，化身今天的美丽乡村的。此外，他还引进了“桔橙小镇”、龙鹄山度假公园等项目落实于龙鹄村内。果然，所有成功典型的后边，都有一个优秀的领头人。

当我赶到时，看见在那座300年古石桥旁边，一棵上百年老树下，那位罗书记正手持麦克风讲话。风吹日晒的一张黑脸，显得刚硬而严谨，不苟言笑。有人介绍，他因规定村民每月掏一元钱民选保洁员而被称为“一元书记”，带领小古村旧貌换新颜成绩斐然，如今已是全国人大代表，村民年收入现已达3万～5万元。深山古村，藏龙卧虎，这位书记果然是厉害角色。

山不在高，有仙则灵。

村不在小，有歌则名。

这个村，它的歌叫：幸福。

蓦然回首，见山路上的朦胧灯光中，有一人正健步走来，如一大鸟在飞动。

我欣然一笑。

美人蕉落下喜悦的泪

啊，朋友，你见过美人蕉落泪吗?

啊，朋友，你见过旱伞草开花吗?

啊，朋友，你见过菖蒲草微笑吗?

告诉你吧，我都见识过。

一个岚雾缥缈的秋日下午，在一片平坦的山脚田野上。

奔驰的车队突然停下。

路旁水塘边，有人在等候我们。

水塘面积很大，足有几十亩，按照长方形田畦子模样依次排列。整齐的田畦子里，蒹葭苍翠，绿意盎然。第一板块池子里，插立的牌子上写着：旱伞草。

名字颇有趣，旱天举伞，防雨又防晒，其形状也如一丽人举着一把草伞。旱伞草俗名水竹、风车草，它的发源地是遥远的非洲，早年引进我国，如今已遍布大江南北长城内外，成为人们美化环境的绿色风景物。

池子里的旱伞草绿油油一片，有一人多高，长势茂盛。一阵清风吹来随风起伏，满目绿波荡漾，窸窣有声，令人想起“风起于青蘋之末”的名句来。此草属多年生草本，茎秆挺直，上部簇生细长的叶状总苞片，呈辐射状，姿态潇洒飘逸，不乏绿竹之风韵，青柳之婀娜，因此虽然不属名贵品种依然受花草爱好者青睐，常作盆栽观赏亦可插花切叶。但我还是头一次见到眼前这样的大面积水塘里种植，如麦草稻黍一般，成片成亩，蔚然达观，令我这孤陋寡闻者十分新奇。

难道，这里是花草盆景基地嘛？专门销售旱伞草做盆景的？

落在队伍后边没有听到前边的介绍，我傻乎乎地如此发问。

见众人哑然失笑，知道自己又冒傻泡了。尴尬地笑笑，掩饰着窘态说，没听到前边介绍，反正水竹旱伞草就是做盆景的植物嘛。

老先生，您说的也没错，我们就是当作大盆景来养的，也让路人观赏。当然，在我们这里，除了观赏还有一种更重要的功能。

一个身穿企业服装的戴眼镜年轻人，如此向我介绍。

啥？

污水处理。

我听着更懵圈，匪夷所思。

是的，我们这片几十亩水塘种植的草本植物，就是为附近的几家工厂企业服务，进行污水处理的。年轻人谦和地笑一笑。

老沙狼，这回让你开眼了吧？你光知道种树治沙，人家这里可是种草治污水哩！稀疏的白发乱飘逸的徐刚兄，此时不失时机地嘲讽我。

还真长见识了。我喃喃自语，低头观看。发现旱伞草根部汪积着浅浅水层，铺着薄土层，而水清清亮亮，俯身闻了闻，没有什么异样的味道。

那位年轻工程师接着介绍道，工业废水中含有的污染物各有不同，但大体包括无机悬浮物、有机物、重金属、氮、磷等。一般情况下，人们用物理、化学、生物三类方法对其进行处理。但在这里，我们借几种自然界的可用植物，大面积种植，再把污水排进田畦子，供给这些植物根系分层次吸收污水中的氮、磷、钾及重金属物质，变成这些草木的成长肥料。分几道程序吸收处理后，最后把基本达标的水排入前边一座大水塘里，再度循环利用。

你们可真聪明，治理污水如此奇妙！我由衷赞叹。那最后处理干净的水，人能饮用了吗？我又问。

还不行，但鱼类可以在那里生存了。

好，好，这已经是新的奇迹，弥足珍贵了！我说着，轻轻掰过来一株旱伞草端详。正值花期，如雨伞状的分叉处开着六朵小花蕊，呈现淡淡的黄白色，甚是娇小新鲜，清香扑鼻。过去见过他人养的水竹很少开花，在这里算是见识到了，显然丰富的营养足够其开花结果，奇特的养分具有奇特的功效，而且花期更长，也如荷花般出淤泥而不染。

我们沿田畦子中小路继续前行，第二板块是，菖蒲草。

果然，又一番风景，种植面积与旱伞草差不多。老家科尔沁那边此草有另一品种，叫作“吉格斯”，即蒲棒。生长于沙湖沙海子的浅水里，长得生猛，能淹没人体，草尖处秋日时生长出红褐色小棒槌，太阳晒干风一吹便炸裂开来，飘散出白色的如蒲公英般的籽儿花，洋洋洒洒满世界飞扬。孩童时伙伴们经常挥舞那小棒槌互相击打，要得身上脸上沾满花花白絮，鬼魅一般，招妈妈们手持柳条四处追打。

而眼前的此菖蒲，似乎非彼老家的菖蒲。尽管同属一科。矮了许多，只到人膝盖处，窝状灌丛模样，也不知它长不长飘白花的小棒槌。菖蒲，又称雅草，因它先百草于寒冬刚尽时觉醒，因而得名。“不假日色，不资寸土”，耐苦寒，安淡泊，生野外则生机盎然，富有而滋润，养厅堂则亭亭玉立，飘逸而俊秀，自古以来深得文人雅士喜爱，甚至当做神草来恭赏。《本草·菖蒲》载云：“尧时天降精于庭为韭，感百阴之气为菖蒲，故曰：尧韭。方士隐为水剑，因叶形也。”

菖蒲也是禾草状的多年生草本植物，叶全绿，花梗也是绿色，四五月开黄绿色花，又与水仙、兰花、菊花共称“花草四雅”。它更是医家喜用的药物，李白诗云“我来采菖蒲，服食可长年”，陆游赋诗“古涧坐菖蒲，根瘦节蹙密，仙人教我服”。菖蒲的根茎入药，祛毒避瘟，常服之可令人红颜黑发，延年益寿，又益心智。

而如此神仙雅草，现在种养在这里田畦子，却发挥出另一种时代需要的特殊作用，真令人意想不到，大开眼界。老子云“道生一，一生二，二生三，三生万物，万物皆为负阴而抱阳”，说的就是此理也。

君不见，丛丛菖蒲簇拥在田畦里微笑，似在为自己的新生而欢唱。

走过菖蒲园，进入第三道风景。这里，居然是满目开着美人蕉！

黄的红的相映灿然，满满一园朵朵绽放，生机盎然，向着太阳婀娜曼舞。

天啊，美人蕉也可借来处理污水？

是的，老先生。俗话说，他山之石可以攻玉嘛。它们是最后一道程序，其根系净化作用更大。你看看这些满地的美人蕉，茎秆多壮实高挺，绿叶多丰满鲜嫩，花开得多饱满娇艳啊！

是啊是啊，个个活像唐代美人！雍容华贵，丰满绝代呢！

此时，我真想唱支老歌给美人蕉听：花儿为什么这样红……

翠竹园里的神奇人

那只小松鼠在竹间跳来跳去，从这棵飞荡到那棵，轻巧如一只小精灵。

一阵清风吹动竹影绰绰，竹园小径上落英纷纷，黄红花瓣仍未香消韵散，散发出一丝丝清香，引得入园者心旷神怡，步履也变得轻盈。

悠悠然听见古筝弹奏，就从前边竹林深处徐徐传来。小松鼠像是给我们引路，荡进那片竹林不见。月亮门旁有一位七十岁长衫老者在恭候，笑眯眯模样朴实而谦和。我心想，如果他留一绺白须就好了，更显得仙风道骨，让人想起齐白石老人那张传世老照片。

有人介绍，老先生是这片竹园的主人，民间竹艺大师陈云华。

果然不凡。然而，一听“大师”两字，心中随之生起一种莫名的敬而远之心理，脚步也放慢。现如今各行各业冒出诸多大师，汉字里某些原本好词，已被糟蹋得不像样子。

走过橱窗展览，各种奖状奖旗奖杯琳琅满目，各界要人名人照片题词目不暇接。其中，最吸引目光的是一副题词：竹编工艺美术大师陈云华。出自一位京城林草植物界高层重量级人物之手。

曾在这里当过县长的陈万忠，此时从旁笑吟吟说，这就是大师之称的来源！并不是陈老自封，也不是地方上授封。当地作协邵主席插言道，我们青神县在农桑竹艺方面具有古老的传统，青神县最早是古蜀国第一代王蚕丛氏故里，史料记载：昔蚕丛氏着青衣而教民农桑，民皆神之。所以，我们青神的农桑竹业从古发达精湛，今日出个大师人物是毫不奇怪的。

大家频频点头。陈老先生则在旁边依旧笑容可掬，偶尔大笑，那笑声朗朗，透出一股坦荡。那感觉，似乎在说外界褒贬对他没什么意义，竹艺是他一生追求，人生使命，夫复何求。

他迈着健步，满面春风，继续引领大家在他的竹艺馆观赏。在门口，陈先生拾起一根老竹杠说，这是我爷爷用过的工具，我家祖祖辈辈是以竹编谋生的手艺人，我父亲他们1958年在村里成立了第一个竹编合作社。我们的手艺是从远祖蚕丛氏那里一代一代传承下来，并发扬光大的，不是我一个人在做，而是我带领全村全乡农民都在做，让祖祖辈辈穷苦的竹农们发家致富，享受新生活。现在我们的竹艺作品已经走向世界，很多艺术博物馆和私人收藏家都收藏我们的竹制艺术品。

中国有句名言，“一招鲜，吃遍天”。这下，让天下皆知竹里有乾坤。

在一排绿杆透出白霜的竹林前，有竹艺绣女们正在制作艺术品，一阵阵悦耳的古筝音乐中，她们个个宛若仙女。我驻足一位戴斗笠低头编制的女孩子案桌前，不忍离去。她的巧手握一根绣针正在绣织一副《蒙娜丽莎》，那端庄而含羞的微笑，丰美的半身，黑色长发与富贵脸庞，简直比达芬奇的蒙娜丽莎还蒙娜丽莎，令人拍案叫绝。

请问，这都是用竹丝钩织出来的?

您看见了，是的。女孩子落落大方，斗笠下明眸一闪。

天啊，竹丝怎么跟丝绸一样细密又柔韧呢？我简直不相信自己的眼睛。

陈老师发明了这种细钢针，您看看，就这样的，篦子一样排列细密。这种钢针能把薄竹片分离成头发丝一样细长，竹子的细纤维也非常坚韧。陈老师还有一种绝活，能把竹片分割出六层薄片如蝉翼，再用这排细钢针分离出头发丝般细细的竹丝来，染成五色之后穿针引丝，再进行艺术编织，绣出花鸟山林自然百图。

我终于搞懂工艺程序了。旁边的一女孩正在绣制徐悲鸿的马，还有齐白石的虾。另有一副是白光闪闪的竹丝底色上绣出踩着莲花而来的白色观音菩萨像，日光斜照下才能看出若隐若现的那位女性化菩萨来。这幅作品更是神奇无比，手艺高超，那个女孩子说，第一幅观音像早有人出数百万元收藏。

我啧啧赞叹。真乃天下神奇技艺也！

竹子，从最初的编织竹篓、竹箕、竹筐——到今天一代奇人陈云华手上绣织创作绝美的艺术佳品，这让竹子发生了质的飞跃，也真正体现出竹子的生命意蕴，生命的价值。

当年在杜甫草堂，我曾与一位诗人感悟竹子品格，写过这样的文字：古今文字赞颂竹子的很多，但竹子最大特点或者品质是什么呢？有人会说竹子挺拔，有气节，也有人说竹子四季常绿能伸能屈。这都对，但不全面，只流于表面。竹子的最核心品格和气质，它是空心儿，因空心才会空灵，因空心才会外杆坚韧，因空心才可能屈能伸，可弯可直，但绝不会被折断，不像实心树木一折就断。竹子你怎么弯折它，一松手即刻反弹而起，又挺直了腰杆儿。这才是竹子最值得赞颂的品格，古人所讲的贤哲们虚怀若谷，空灵豁达，指的就是这层禅意和哲理吧。

走在苍翠的竹林深处，望着陈云华先生宽厚的背影，我想，此人才是感悟出竹子真正品格，挖掘出这普普通通竹子无限价值并使其熠熠生辉的真正高人。他就是一棵挺拔的竹子，空灵而神奇。

他不是大师，谁是大师？

想起李太白诗句：仰天大笑出门去，我辈岂是蓬蒿人。

苏东坡的竹

● 李青松

生态文学作家。毕业于中国政法大学法律系。长期从事生态文学研究与创作。代表作品有《开国林垦部长》《遥远的虎啸》《万物笔记》《哈拉哈河》《一匹穿山甲》《猕猴桃传奇》《粒粒饱满》《一种精神》《茶油时代》《大地伦理》《薇甘菊：外来物种入侵中国》等。曾获新中国六十年全国优秀中短篇报告文学奖、徐迟报告文学奖、北京文学奖、呀诺达生态文学奖。

竹，一丛一丛，青翠欲滴。竹，一丛一丛，深邃安然。

竹，非灌非木，却压过灌，与木比肩，甚至高于木。此处的竹不同于别处的竹。此处的竹，贵乎？雅乎？奇乎？

蜀地可开眼界，何竹匹配东坡？跨入三苏祠门槛，举步抬足都是轻轻的，不敢有丝毫的造次。也许，那些竹知道，我是怀着一颗虔诚的心来拜谒苏东坡的。

1037年，苏东坡出生于眉山。21岁时随父亲苏洵出蜀赶考，凭借一篇美文一举中第，名动京城。主考官欧阳修阅卷后，写下一句话："此人可谓善读书，善用书，他日文章必独步天下"。眉山，古称眉州，山有瓦屋山，水有青衣江，山川灵秀。皇帝宋仁宗曾说："天下好学之士皆出眉山。"出蜀前，苏东坡一直生活在这里。无论怎样，故乡的一切都深刻地影响了苏东坡。

苏东坡是怎样的人？

林语堂说了一大串——苏东坡是个秉性难改的乐天派，是悲天悯人的道德家，是黎民百姓的好朋友，是散文家，是新派画家，是伟大的书法家，是酿酒实验师，是瑜伽术的修炼者，是佛教徒，是士大夫，是皇帝的秘书，是饮酒成癖者，是心肠慈悲的法官，是政治上的坚持己见者，是月下的漫步者，是诗人，是生性诙谐爱开玩笑的人。然而，这些还不足以描绘出苏东坡的全部。

瞧瞧，林语堂说了这么多，还是没有说清楚。苏东坡到底是怎样的人？林语堂没说清楚，我们就更说不清楚了。然而，说不清楚，还是要说，那就在林语堂的话后面，再加上一句——苏东坡还是一位自然文学作家。

三苏祠里，何以如此多的竹？竹，或许就是自然的符号。

在眉山地界上行走多日。举目四野，竹，生长在瓦屋山的山岭上；竹，生长在青衣江的堤岸畔。环顾三苏祠角角落落，竹，也生长在苏东坡的诗词里；竹，也生长在苏东坡的歌赋中。

“宁可食无肉，不可居无竹。”岂止是竹，在苏东坡看来，“凡物皆有可观。苟有可观，皆有可乐，非必怪奇玮丽者也”。那意思就是说，世间万物都有自身的价值，万物都有可观赏的地方，可观赏即可得到审美的快乐。此言体现了苏东坡对生命万物的尊重，也体现了他追求美，崇尚美的境界。不过，无竹会怎样？恐怕该怎么样还怎么样吧。但是，一个声音说——俗！

人该如何对待外物？人该舍弃什么？苏东坡说：“君子可以寓意于物，而不可留意于物。”此话何解？忽然间想起那句成语——欲壑难填。也许，对外物的欲望会占据人的内心。因为，欲望是无边的，人会在无边的欲望中迷失自己。

苏东坡，本名苏轼，字子瞻，别号东坡居士。轼，乃古代车前横木，乘车人扶手之用。对于车来说，轼是可有可无的。虽然去掉轼，车就不是完整的车了，但轼无非是车的饰物罢了。“轼乎，吾惧汝之不外饰也”，这是苏东坡父亲苏洵，在当时给儿子起名时，对“轼”的一段解释。

北宋官场，风云跌宕，雾霭重重。“心似已灰之木，身如不系之舟。问汝生平功业，黄州惠州儋州。”苏东坡在失意的时候，并没有消沉，没有颓废，没有一蹶不振，而是寄情于自然，寄情于耕读，寄情于美食。美食有哪些呢？有东坡泡菜、东坡鱼、东坡肉，还有东坡肘子和竹笋烧鹅。于悲喜丛生中，与老友把酒言欢，尽诉衷肠。

在苏东坡雕像前，我久久伫立。翠竹掩映下，苏东坡恍若微笑着走过来了。

他身高八尺，神态稳健，气场超强。长阔脸，高颧骨，双目炯炯，眉若飞燕。长脸？是的，长脸，有多长呢？“去年一点相思泪，至今未流到腮边”这也太夸张了吧，但是，长脸是可以肯定的了。胡须呢，胡须稀稀疏疏，并不茂盛。他喜欢戴帽子，他从来都是戴着帽子。东坡帽——乌纱的筒高檐短的帽子，不像官帽那么威严，又有文人儒雅的气质。难怪，北宋时很多文人效仿苏东坡戴“东坡帽”，甚至出现文人圈子里“人人皆戴东坡帽”的盛况。

然而，我更喜欢苏东坡头戴斗笠的样子。

“东坡在儋州，一日访黎子云，途中遇雨，从农家假笠木屐而归。妇儿争相随笑。群犬争吠。东坡曰：笑所怪也，吠所怪也。觉东坡潇洒出尘之致，数百年后，尤可想见。”

其实，不光是在儋州，在黄州惠州期间，苏东坡也是每日里戴斗笠，穿芒鞋（草鞋），执竹杖，躬耕田垄之上，为菜蔬施肥浇水，已成为他生活的常态。一个朝廷官员，一个文化学者，往来于山间，劳作不歇，其乐陶陶。或许，当一个人不得志的时候，唯有在自然和乡野中能够寻求到慰藉，与山水同乐，与农人同乐，与乡野同乐，与竹木同乐。

也有“门前万竿竹，堂上四库书”的排场，也有“疏疏帘外竹，浏浏竹间雨。窗扉净无尘，几砚寒生雾”的冷清、寂寥，甚至凄凉。然而，哪怕“累尽无可言，风来竹自啸”又有何妨？苏东坡就是苏东坡，他善于调整自己的心态，在淡定中觅得趣味，在趣味中觅得快乐。

他就是这么超然，他就是这么潇洒。

这是三苏祠里李公麟画苏东坡的另一幅画像——苏东坡头戴斗笠，穿着宽大的粗布衣袍，手执竹杖，足着木屐，两脚一前一后，交错前行。微风徐来，他局促地用竹杖挑起衣袍下摆，目视前方。他看到了什么？前方有什么？转瞬间，他身体前倾，似前行，又似在退步了。近旁，青竹三五竿，六七八九竿，竹叶仿佛簌簌地动。画的上方是一轮高悬的明月。

苏东坡说——“明月清风我。”

苏东坡说——“虽一毫而莫取。”

我先由远及近，又由近及远，细细端详之，他的豁达，他的无畏，他的坚守，他的豪迈，一一跃然画端了。

此画画出了苏东坡的神韵。

苏东坡与李公麟讨论画画技法时说："虽然，有道有艺，有道不艺，则物虽形于心，不形于手。"这意思是画山画水画竹之所以栩栩如生，并不仅仅依靠技艺，因为技艺有可能导致"留于物"，而妨碍了心灵表达，只有"胸有成竹"，其心智才能通于各种技艺，从而达于理。因而，他主张，"出新意于法度之中，寄妙理于豪放之外。"

中国历史上，少有文人像苏东坡一样在逆境中能屈能伸——他把儒家的积极入世与道家的超然出世合于一身。他能够直面辉煌后的惨淡人生，能够在患难中平稳度日，能够融入乡野自然自得其乐。喧嚣污浊中，他有独立的人格精神和自觉意识，以民为本，正道直行，舍弃所得。淡然看待得失，坦然面对生死。

他走自己选择的路，不走别人为他选择的路，他才拥有了真正的自己。钱穆说："人类断断不能没有文化，没有都市，没有大群集合的种种活动。但人类更不能没有的，却不是这些，而是自然、乡村、孤独和安宁。"也许，正是自然，正是乡野，正是竹子，造就了苏东坡独特的文化品格和精神气质。

眉山的山川、大地到底藏着怎样的秘密？不得不承认，自然地理对一个人的人生态度和人格的形成会产生着极大的影响。不同的气候、地貌及其生态真的会激发出人的艺术灵感和创造力吗?

在北宋的政治变革中，苏东坡始终坚守着自己固有的东西，从不作恶。事实上，苏东坡也有过官场上的得意和辉煌。四十九岁时，风华正茂。他曾官至三品，任过翰林学士，也任过礼部尚书。举朝上下，官位能匹者，不过尔尔。苏东坡从政四十年，有四分之三的时间在地方任职。由于西湖长期淤积，湖水几近干涸，他到任第二年就动用民工20万人疏浚西湖。疏浚出的淤泥，集中起来筑成了一条纵贯西湖的长堤，后人称其苏堤。苏东坡治水之法，只有一个字——疏。

然而，疏，并非无奈之举，而是对自然的敬畏、尊重和顺应。疏，更是对自然之道的科学掌握和运用。

竹，伴苏东坡一生，或者说，竹融进了苏东坡的生活。在苏东坡的生活中，竹随处可见。“门前两丛竹，雪节贯霜根。”“官舍有丛竹，结根问囚厅。下为人所径，土密不容钉。”“莫听穿林打叶声，何妨吟啸且徐行。”“披衣坐小阁，散发临修竹。”“萧然风雪意，可折不可辱。”诗句生动，饶有趣味。诗中的哲理是通过竹的意象表达出来，而不是经过逻辑推导或者议论分析所得。有关竹的诗句，苏东坡写得太多了。他极具灵心慧眼，到处都能发现竹的妙理新意。

他不但吟竹，写竹，也画竹。《竹石图》就是他的代表作。墨竹之画，是苏东坡爱竹的升华。爱竹，即是爱自然。画家文同，字与可，是苏东坡的朋友。与可善画竹，是“湖州竹派”的代表人物。苏东坡画画师从于与可。二人常一起谈竹论竹。与可认为，苏东坡的墨竹画不是以形见长，而是因其不俗之气。而苏东坡自己坦言：“画不能皆好，醉后画得，一二十纸中，时有一纸可观。”苏东坡画竹最精辟的见解便是——“画竹必先成竹于胸”“执笔熟视，乃见其所欲画者，急起从之，振笔直遂，以追其所见，如兔起鹘落，少纵则逝矣”。在苏东坡看来，“以为人禽宫室器用皆有常形。至于山石竹木，水波烟云，虽无常形，而有常理。常形之失，人皆知之。常理之不当，虽晓画者有不知。”举废之矣。因此，要画好竹，必先知竹之常形、常理。胸中当有竹形，知道竹子的各种形态，这是根本。但要传神，画以传神为贵。竹本固，固以树德；竹性直，直以立身；竹心空，空以体道；竹节贞，贞以立志。让创作的元素烂熟于心，然后创作时才能豪情万丈，恣意汪洋。

苏东坡对艺术对自然对人生，都有着深刻的思考。由现象悟出哲理，把人生的感受转化为理性的反思，对沉浮荣辱持有冷静、旷达的态度。在逆境中，他的情绪也有痛苦、愤懑、消沉的一面，但更多的是对苦难的傲视和对痛苦的超越。

竹，是苏东坡自然文学作品中的主角。竹，有独立的竹格和审美价值，而不仅仅是文人雅兴和闲情逸致的载体。竹所呈现的一切，其实也是人的精神活动的高级形态——道。苏东坡心目中的道，也许，不仅局限于道家的道，而是广大意义的自然法则，万事万物的通理。

对于竹的认识和理解，无疑，苏东坡是人间无一难能有二的人物了。

竹，柔可绕指，刚可作刃。在这一点上，没有哪一种植物能同竹子相比。竹，有自己的气节和个性。如果说木之美在于年轮的话，那么竹之美就在于气节了。竹子的叶形，大小长短肥瘦不同，叶子的结构也不一样。竹叶呈现着不同的文字图案——“人”“个”“介”等。唉，均是“人”字头的字，人与竹居然有如此奇妙的联系。

是的，三苏祠里的竹的确不同于别处的竹。无论苦竹、斑竹、箭竹、凤尾竹、人面竹、佛肚竹都在各自的位置上，以自己方式，讲述着人与竹的故事，人与竹的传奇。

因苏东坡，眉山天下人皆知。眉山竹产丰饶，民采为食。竹编业亦兴盛。靠竹，竹农的日子过得殷实、安稳、幸福。竹，在微风中的簌簌之声，在阳光下朗阔的影子，带给我许许多多的遐想。

三苏祠的幽，如果有五分的话，那么三分在竹，二分在水。三苏祠的美，如果有十分的话，那么有一分在水，九分在竹。

在一丛翠竹旁，我们停住脚步。三苏祠馆长告诉我，竹子的主体不在地上，而在地下，它更喜欢人的眼睛看不见的地方，喜欢横生，不是向着某个固定的方向，而是向着四面八方。我们看到的地面上的竹之形态和情形，仅仅是它的地下茎的分支而已。在泥土里积蓄能量，在幽暗处沉默不语，等待时机，一朝破土，便势不可当，昂首向上。

啊呀！闻之，我惊讶不已。原来，三苏祠地下的一切皆被我们忽略了。未见之处，才存活着竹之根本呀！

临别眉山之前，我特意在一家竹器店选购了两把做工讲究的本色竹椅，托运回了北京。一把置于书屋，一把置于门廊。一则，需要；二则，存念；三则，为了某种提醒——人，该持有怎样的人生观？人，仅此一生，人生仅此一次。人，该以怎样的心态和怎样的方式度过自己的一生？

遗忘是记忆的落叶，而有特殊印记的器物却可以消除遗忘，让记忆生根。也许，每日看到本色竹椅，就会想起苏东坡，想起竹的品格和精神。

贵乎？雅乎？奇乎？——那是苏东坡的竹呀！

大雅眉山

● 陈新

中国作协会员，国家重特大题材报告文学特聘作家，“金长城”中国作家创作室签约作家，成都市作家协会副主席。

眉山于我并不陌生。它与我缘分的关联物，是血缘与亲情的依依聚散。

因为外婆家在乐山，虽然我生来便没见过外婆，但是舅舅、姨妈在乐山工作，少时的我要去舅舅、姨妈家，从南充老家出发，就得经过成都、新津、彭山、眉山、夹江，才能到乐山。

那时的眉山与四川盆地其他地方大同小异，阡陌纵横，田畴播植，烟村低矮，屋舍拙陋，杳杳天地，苍苍林竹。

眉山在我心中是有分量的。学龄之时便从《语文》课本中知，“唐宋八大家”中，眉山苏洵、苏轼、苏辙父子占了三席，苏东坡更是被誉为“千古第一文人”。

而旧时的眉山——“眉州”，更是物华天宝、人杰地灵。仅两宋期间，便有886人考取进士，是我国历史上著名的“进士之乡”，被誉为“孕奇蓄秀当此地，郁然千载诗书城”。

我对这方天地充满敬慕。不过，我对眉山的了解也不过尔尔。多少次我从眉山经过，皆为擦肩。透过车窗的玻璃，我所看到的是如雷贯耳却隔着距离的名气，遥想的是星光熠熠似已被岁月尘封的人文。

近日，通过参加“大地文心”生态文学作家采风的机会，我走进眉山市，才顿然明白，眉山的美与好岂止光耀历史的人文，还有令人流连的自然生态。

在眉山，我见到了一座令人震撼的湿地公园——东坡城市湿地公园。公园占地2500多亩，集湿地保育、科文教育、游憩休闲功能于一体，是目前四川地区最大的城市湿地公园。

徜徉于湿地公园，一股舒心自然、平静祥和的感觉扑面而来。“一轴、两带、五区”的精心规划，湖心生态岛的天然保留，休闲活动区的多样功能……满足了当地居民来此的不同需求。

当地生态环境部门人士告诉我，这个湿地公园原本是内湖河道，当地政府为了还绿于民，主动砍掉房地产这棵“摇钱树”，不仅放弃了40亿元的土地出让收入，还陆续投入大量资金进行生态建设。

眉山何以如此重视生态保护？这大概与苏轼魅力的影响不无关系。

有统计数据表明，在苏轼留存于世的2700余首诗歌中，可归类于山水诗者，约占五分之一。如“竹外桃花三两枝，春江水暖鸭先知。”“水光潋滟晴方好，山色空蒙雨亦奇。”“横看成岭侧成峰，远近高低各不同。”

在苏轼的300多首词中，纯以山水为题材者有近两百首之多，也可信手拈来：“凤凰山下雨初晴，水风清，晚霞明。一朵芙蕖，开过尚盈盈。”“江汉西来，高楼下、蒲萄深碧。犹自带、岷峨雪浪，锦江春色。”

这样一位“亲水爱山、崇尚自然”的苏轼，相信与他成长的这片土地有着千丝万缕的联系。他从这片钟灵毓秀的土地上、在大自然的怀抱中度过了健康、快乐、生气勃勃的少年时光，养成了真挚坦率、坚韧豁达的顽强品格，而这片土地也以某种方式传承和延续着他的存在。

据了解，东坡城市湿地公园以“水”“绿”为底，处处彰显东坡文化。这既是一种保护生态运斤成风的举措，更是一种回归自然文化的弘扬。

爱人惜物，德及草木，恩施动物，抱朴守真，敬畏生命，这是苏东坡的品格，也是眉山的品格。

此次采风之行，我的脚步还触及了古之眉州、今之眉山都管辖的丹棱、洪雅、青神等县。

洪雅的瓦屋山，系中国历史文化名山，是道教发祥地之一，被誉为“中国鸽子花的故乡”“世界杜鹃花的王国”。近年名气日盛，为之著文者众，其最大亮点也在乎生态。

青神县是苏东坡元配王弗故里。多少人随口能诵的“十年生死两茫茫，不思量，自难忘。千里孤坟，无处话凄凉。纵使相逢应不识，尘满面，鬓如霜。……”便与青神县有关。

但是，青神出名还不仅于此词，更因良好的生态而留名。

岷江流过广袤的川西平原，进入青神县汉阳坝与乐山接壤之处时，形成了平羌小三峡。《蜀中名胜记》说：“蜀江至此，始有峡之称。”李白《峨眉山月歌》中写道：“峨眉山月半轮秋，影入平羌江水流。夜发清溪向三峡，思君不见下渝州。”陆游《离嘉州宿平羌》中说：“自笑远游谙马上，已营小筑老云根。淡烟疏雨平羌路，便恐从今入梦魂。”……都是风景至美的平羌小三峡对诗人们灵感的激发。

青神还有生态上佳的中岩寺风景区。

千古中岩，钟灵毓秀。苏轼年轻时曾经在此读过书，并与王弗相恋，留下许多美好传说。后来范成大游历此处，誉之“西川林泉最佳处”，陆游到此一游，也赞其“川南第一山”。

古之眉州及今之眉山，还管辖丹棱。

妇孺皆知的“难登大雅之堂”，便出自于此的“大雅堂”。

何谓大雅？何谓大雅堂？

大雅乃《诗经》中的组成部分。旧训雅为正，谓诗歌之正声。大雅亦指德高而有大才之人，《文选·班固〈西都赋〉》云，“又有承明、金马、著作之庭，大雅宏达，于兹为群。元元本本，殚见洽闻，启发篇章，校理秘文。”意思是西都的承明殿和金马门，是词臣著作之庭，才德高尚之士、学问渊博之人，常在这里结队成群。他们博见广闻，对学术穷源溯本，能够透辟地阐发典籍，精确地校理秘文。大雅还指高尚雅正……

故此，雅为正，大雅为大正，大雅即为正源。

与雅相对，则是俗，如东坡所言“人瘦尚可肥，士俗不可医”。

由是，大雅集聚之堂，是为大雅堂。

据说，全国各地名为“大雅堂”的建筑不少，古迹却不多，成都杜甫草堂中的“大雅堂”算得一处。但最早的大雅堂，则在丹棱县。丹棱大雅堂建于北宋元符三年（1100年），系丹棱名士杨素为实现黄庭坚弘扬杜甫两川夔峡诗的心愿而建，其名亦为黄庭坚所取。

不仅如此，黄庭坚还亲手书写匾额，作《大雅堂记》，强调后世学子进入大雅堂，感悟诗歌创作的正当门道，定会事半功倍。

为文追求肃正，对环境的呵护，岂非如此？

生态是人类赖以生存的环境，是生物在一定的自然环境下生存和发展的状态。也就是说，没有生态也便不存在生存。

所谓“丹荑成叶，翠阴如黛。佳人采掇，动容生态。”这句话虽然出自简文帝《筝赋》，但是我觉得用来形容眉山的生态，也算恰当——天赋自然的原生环境，是从历史的角度，从时间的角度来体现美好的。美好的东西最喜欢被人吟诵。因而，在我们最为推崇的文学作品中，生态文学占据着重要位置。又尤其诗歌及散文，常能美及骨髓。

山水田园，皆为我们的视觉与味觉盛宴。无论是晋代的陶渊明、南北朝的谢灵运，还是唐代的王维、孟浩然，宋代的杨万里、苏东坡，他们描写自然风光、农村景物的诗，都隽永优美、恬静淡雅、清丽洗练、美不胜收。

而散文，更有陶渊明的《桃花源记》、柳宗元的《小石潭记》、欧阳修的《醉翁亭记》、苏东坡的《赤壁赋》《后赤壁赋》……这些书写生态的旷世美文，都被后学追捧，且广为传诵。

不敢说生态文学是最好的文学，但敢说生态文学是世不二出的大雅文学。

文学大雅，方能登大雅之堂，被人赞誉。其实，良好生态，自然山水，非“虽千万人而吾往矣”，更非“虽九死而其犹未悔”，亦如佳文灿若云霓，不爱者何？当为大雅！

人文引领，生态宜人，物质与精神咸皆富足。由斯感叹，眉山“千载诗书城，人文第一州”，亦无愧大雅！

胜境瓦屋山

● **杨献平**

中国作协会员，四川文学杂志社副主编，作品散见于《天涯》《中国作家》《人民文学》等，曾获第三届冰心散文奖单篇作品奖、首届三毛散文奖10万大奖等数十项。

说来汗颜，我常年居住成都，距离瓦屋山仅仅一百多公里的路程，但一直没怎么注意到这一座别致而深邃的自然存在，这很遗憾，更是不恭，就像是两个相互站立许久，但从不相互打望的朋友。当然，以我之卑微渺小与瓦屋山之巍峨幽深相提并论，这本身就是一个带有滑稽色彩的无聊假设。2020年，随“大地文心”生态文学作家采风团一行再度来到眉山，行游东坡区、丹棱等奇地胜景之后，转道洪雅。于一个早晨，攀登瓦屋山。远远看到，一座高山，却犹如一张阔大敦实的平桌，巍然屹立在天地之间，以沉静的姿势，哲人一般兀自高耸。

这种奇特的地貌，令人讶异，也倍感新鲜。眉山之地，端的是地理别致与灵秀之处。文化上的“三苏”，自北宋一直到现在，为无数人敬仰与学习。青神之王弗，即苏轼第一个妻子的娘家也有着极其浓郁的文化气息。可惜，王弗早逝，令人唏嘘。“夜来幽梦忽还乡，小轩窗，正梳妆。相顾无言，惟有泪千行。料得年年肠断处，明月夜，短松冈。”苏轼对她锥心刺骨的怀想之心，真可谓千古情感，动人肝肠。

由洪雅县城进山，正行之间，忽然大雾并小雨，这也是生态良好的一种表现。如此的天气，在眉山的大多数地区很常见。天地有好生之德，万物生，物物更替，再生万物，如此循环，永无休止。我们一行到雅女湖岸边停车，却没有看到更多碧蓝的、幽深的，涟漪不断的大水，只见裸露的湖边长满了青嫩的绿草，像极了姑娘光洁的头发，美妙而纤柔，一会儿集中散开，一会儿又兀自耸起。这种自然的陈设和铺排，充满诗意，好像仙境中的地毯，再配上两岸山坡根部散落的白色民舍，这种情境，令人想起美好的隐居。在一家小卖部前，我抱起一个不满两岁的女孩照相，并逗弄她，让她叫我爷爷。正兀自高兴，忽听一个年过六旬的老太太大声说，爬哟，啷个要叫你爷爷呦！

四川话中的“爬”，就是“滚”的意思。南方和北方的区别，方言上也巨大。一粗鲁而直接，一则柔绵隐晦。就像这瓦屋山，若是在北方，肯定是一派刚雄之姿，尽管也会草木葳蕤，但绝不会如此丰饶。在索道上俯瞰，山体陡峭，草木葳蕤，不见岩石与土坡，只有翠鸟的鸣叫，在沟谷和树林之间穿梭，仿佛温柔的响箭，令人心神宁静而又澄明。沿着木板铺排的幽静道路前行，可以看到一些古树，苍苍郁郁，弯曲的和挺拔的，像极了人世间各个不同的人生。有些枝丫上长满了绿色的苔藓，粗大的根部甚至开着红色的妖艳花朵。我不知它的名字，只觉得，事物之间的相互依附与成就却是匪夷所思，看起来朽而无用的，却对其他生命来说，是肥沃的生身之地甚至一展风采的疆场。

如这般良好和带有原始性的自然生态，是我们全人类的福祉，更是万物的生息、行藏之地。瓦屋山之所以深藏，多年来不为人知，不是因为它藏得太深，而是人们对它的重视与理解不够。尽管附近的峨眉，为普贤菩萨道场与举世无匹的“秀”，宛若仙女般为人敬重和钦慕，远近之人，慕名而来，络绎不绝。而瓦屋山则如一个稳重而略显严肃的得道之人，令人望而生畏。人都是喜欢“柔”和“秀”的，这也体现了道家“柔弱胜刚强”之理念，也反映了瓦屋山自身的神秘、妖娆与环境保护的极致到位。

史书记载，瓦屋山乃是古蜀国的边境之一，蚕丛（杜宇）死后，也被安葬于瓦屋山；老子在此隐居修行多年，仰观天象，俯察地理，彻悟大道；张道陵也曾立碑瓦屋山顶，以为修行的绝佳之地；传说甚多的张三丰行游到瓦屋山，数年之间，创立道教“屋山派”……如此之多的久远之事，令人心思缥缈、浮想不已。蜀地之山，多幽深清秀，水绕雪照，适合冥想与隐居，更适合怡情和生活。《道德经》中说，“清静为天下正”，又云“致虚极，守静笃。万物并作，吾以观其复。”类瓦屋山这样的庞大与幽绝之地，当然会使得在其中修行的人不断觉悟，洞彻天地大道，超然物外。

在山中行走，空气发甜，似乎可以荡涤身心。沿途之间，偶尔的小风吹过，这轻微的动作，惊动了树叶上的水珠，一颗颗地，如同银子跳将下来，噗然作响，转瞬又在湿润的土地上无声而灭，好像乌有。远处白雾包裹一切，就连在其中的我们，也都成为这瓦屋山当中的一部分，和这山里的野猪、猴子、大熊猫、牛羚、林麝、黑熊等动物，同样有着休戚与共的生命与精神联系。蓦然的瀑布，飞流直下，轰隆隆的声响，好像这山在持续不断地自我捶打胸脯，并以此来进行一种锻炼或者向所有有灵性的事物进行诉说。

这浩浩之水，竟然来自山顶，真令人难以置信，山顶怎么会有如此大的水呢，而且不止一处，无休无尽。在一面瀑布前站定，闭上眼睛，那种持续的砸地的声音，忽然就到了身体里面。古人说，人体本就是一个小的宇宙，那么，我们的肉身之内，当然也会有这样的一些瀑布。到瓦屋山最大的瀑布为兰溪之下，仰望这总高1055米的巨型瀑布，方才觉得万千事物，不过是稍纵即逝。人世滔滔，不过是后来继往。如此循环往复，无有休止。

自然时常给予我们的灵性与觉悟，向来是了不起的，也是唯一的，也都是适宜于所有生命和物质的。下山时候，落日彤红，犹如堆满明亮火星的炉火，余晖照耀的瓦屋山，呈现出一种幽秘与莽苍之色，还有一些难以表述的深邃和丰饶，自在和逍遥等意境。

同行的人纷纷感叹说，这样的地方，实在适合生活，终老一生。我也觉得，瓦屋山之自然生态，是一种伟大的收藏与孕育。瓦屋山也是一种无限的敞开，向着所有的动物，当然也包括我们每一个人，更向着这个由来已久的世界，乃至徐徐降临的未来。因为，地球是人最好的生存生活场所，也是我们心灵与精神所寄的阆苑仙葩、美境胜地。夜间，再从县城的高处眺望瓦屋山，苍茫之间，庞然之山，巍巍而立。而高处的繁星，似乎飞舞的墨点，使得这山和天空浑然一体，优雅深远。

在眉山发现眉山

● 华静

高级编辑。中国作家协会会员。全国新闻出版行业领军人才，第三届中国产业报协会“十佳编辑”，第八次全国作代会代表。获第八届冰心散文奖。出版诗集《有梦在前头》《那只安抚我灵魂的手》《给相遇多一点时间》，随笔集《给心找个家》《送给自己的玫瑰花》《旧铁路上的寻觅》，报告文学集《梦里梧桐》，及《华静文丛》三卷。

终于，有机会站在眉山的山水间和田野间了。

踏上行程后，我感觉自己在眉山发现了眉山。穿过小桥，沿着山间小路，感悟村民们春耕秋收与大自然亲密无间的那种状态。这种发现给了我惊喜。甚至，不亚于读苏轼时禁不住发出的那声酣畅淋漓的呐喊“我和我的眉山”。

眉山，就在短短几天的时间里走进了我的心田。

一

“千载诗书城，人文第一州。”

“天下最富裕地方，岷江峨眉山之间最神奇的区域。”

在眉山7000多平方公里的区域内，山地、丘陵、平原，各占三分之一。来之前，虽然没有做过攻略，到了眉山之后才发现，只管看，看着看着，就会把眉山的丹棱、洪雅和青神在心里做成一个个封面。然后，围绕着这不同色彩的封面，构思每一个地方的插页和插图。

从眉山出发，经丹棱高速出口，下道走丹蒲路前往丹棱现代农业园参观。

在这里，我们认识了一位叫叶晓梅的女局长。她是丹棱县农业农村局年轻的局长。她的名字和我们作家采风团团长叶梅的名字只差一个字，所以，大家一下子就记住了她。

站在园区观景亭平台上，一边观看不远处的橙园和身边、脚下那些让我们好奇的柑橙品种，一边听叶局长讲解。橙园中，果实累累。

丹棱自古就有种植柑橘的历史，西汉《史记·货殖列传》《上林赋》，西晋《蜀都赋》，清代《丹棱县志》（乾隆版）中的物产篇、地理志以及现存于丹棱龙鹄山的唐代石刻《松柏之铭》碑中，都有描述。

我问，上世纪70年代引进了哪些品种？80年代、90年代又主栽了哪些？2000年以后大力发展的又是哪些？

“我们在探索建立‘互联网+管理’的管理模式，借助大数据中心的规划优势，已经取得显著成果。值得一说的是，丹棱种植基地无农药。”娟秀文气的女局长，谈起工作，干净利落，底气十足。

我们在这里，除了记住了那个叫“爱媛38号”的橘橙品种，还记住了丹棱“不知火”。据说这个品种是国际公认的名贵橘橙品种，获得国家农产品地理标志称号、绿色产品A级认证，被誉为“北纬30度的味觉奇迹”，深受消费者青睐。

橘橙端过来了。每一个被切成了八九块，我们品尝着，果然味道不一般。果肉细腻，味浓，多汁，无核，酸甜适中，品质上等。

叶晓梅介绍说，“我们这里可是好山好水，属亚热带季风性湿润气候，四季分明，雨量充沛，冬暖夏凉。”

果然，是丹棱优越的生态环境、气候条件这一方水土养育出来了令人称赞的“丹棱味道”。

“多吃几块，多吃不上火。”热情的小伙子转完一圈又将切好的橙子端到我们面前。

有人在一旁提醒说，我们看到的农业园中的橘橙是晚熟柑橘。

在“不知火”走红前，丹棱以脐橙为主，但脱皮难、有籽、囊衣厚、不化渣，而且成熟时间与市场上其他柑橘品种相近，市场竞争力弱。

对此，丹棱县委县政府对农业产业结构做出重大调整，提出“不与两湖抢早，不与赣南争先，大力发展‘不知火’的发展思路”：引进柑橘试种、淘汰老品种、低效益品种；学习国内外先进果蔬种植加工技术，取长补短，加快柑橘产业更新换代，走出了一条光明的产业发展之路。

如今，丹棱的柑橘都形成了品牌，每个区域都有自己的当家品种，比如“春见”“不知火”……品牌给农民带出了一条条致富路，帮助农民过上了好日子，不仅有洁净的水质，有青山绿水环绕，而且还买了车，在城里买了房，日子一天天富裕起来。

二

我们是在傍晚前走进幸福古村的。

正像来之前当地人所描述的那样，这里宛若世外桃源，是四川最美古村落之一。

走在山路上，路过一片果林，靠近路边的树上挂着一个个小牌子，上面有文字有照片："我是一个幸福的农民。"照片上，是一位身着蓝色布衫的老婆婆笑眯眯地搂着她的小孙子。下面还有一行字：成"果"不易，且行且珍惜。

小牌上有二维码标识，只要扫码就能联系到树的主人。这就意味着，产供销一条龙的形态已经惠及村民了。

"这对于幸福古村年轻一代来说，是不是就可以不再走出大山，在家乡就能致富了？"

"出门闯世界的年轻人陆续回到家乡，诱惑他们的除了亲情，还有就是这谁也买不走的生态环境。"

说到年轻人，他们外出打工，积攒多年也未必能盖起一座楼来。也就是在十年前，他们回乡和村民们开始了行动——栽植、施肥、修剪、防治病虫害、品种选种、采收……当幸福古村成为了百果新村的时候，幸福古村的村民们才真正理解了"幸福"的内涵。如今，村里的年轻人们开网店，开始了国际贸易，把古村落里长出的水果卖到了山外很远的地方。

上个世纪80年代，有一部电影在这里拍摄。电影的名字叫《被爱情遗忘的角落》。这种结缘，正是和这里保存相对完整的古村落风貌分不开。

古村人的幸福得益于这片养育他们的山水。靠山吃山，共享天然资源。一路上，我们发现村头村尾的卫生环境也很好。古道和石桥，都打扫得很干净，就连田间地头都清理得整齐有序。山前山后，经年累月看不够的自然风光陪伴着村民的生活，但在以前，村民们是意识不到自己是在如此“幸福”的环境中被人羡慕着的。

确保生产空间、生活空间、生态空间不突破古村资源环境承受力。幸福古村有了属于自己的模式：既保留了原住村民的生活习惯和生产习惯，也对外打开了村子的大门，开始迎接八方游客。来过这里的人们感慨不已：古村在发展过程中，将本来面貌几乎完好地保存下来，值得学习。

来自齐乐镇龙鹄村的村支书罗朝运，是70后，既有年轻人的朝气，又有中年人的稳重。他介绍，在他们村，对村容村貌实行“不同区域，不同模式，分类治理”。

“谁牵头？谁监管？谁评估？”我们问。

“和其他地方一样，我们这里也是政府统筹，有专业团队负责维护设备，有村组参与当好巡视员。还建立了评估考核机制，也是县政府牵头。有培训课，定期向村民宣传生态环境保护知识，强化他们的环境意识。效果很好。”

罗朝运说：村民们都喊我“一元书记”，这里面有个故事。

“一元钱撬动农村垃圾治理新机制。这是丹棱县的经验。采取‘一事一议’的方式，筹集承包收集费用。按照‘谁受益，谁负担’的原则，我们引导村民每人每月自愿缴纳一元的垃圾收集费。连这小小的一元钱，开始时的工作都没有那么容易。我因此就得了这个名。”

通过召开村民大会和村民代表大会，采取公开竞标的方式，来确定农村生活垃圾收集和公共区域的常态保洁承包人。

“为什么还有那么多人愿意来竞选这个保洁承包人？”

罗朝运笑了：“这也正是我想说的。因地制宜，统一布局垃圾分类收运基础设施，就打破了村民小组的界线。既要方便村民，收集站又要大小适宜，所以，以临近的10户、20户修建大小不等的垃圾分类亭，关键是村民要参与进来才行。我们做生态观察员，让村民形成习惯。关键是用制度管人。规范化以后，保洁承包人既要当好古村的保洁员，还要做好村委工作的宣传员。能竞聘到这个岗位很光荣呢。”

最后，罗朝运说了一句话，让我们印象深刻：所有的努力，都是为了尊重村庄的灵魂。

这句话，沉甸甸的，让我们感受到其中的分量——

因为想要留住古村原有质朴的模样，所以要保留村民原有的生产生活习惯，沿袭祖辈原汁原味的乡土生活。进而延续，正是民宿文化的起源、农耕文化的结晶。

因为想要绿水青山的生活环境，山区就要顶着比平原地区大几倍、几十倍的难度进行有效治理。无论从政府到干部，在治理过程中付出多少的努力和汗水。

“为环境保护贡献自己的一份力量是件光荣的事。”这样的动力来自村民自身对家乡的爱护和责任。

望着罗朝运满头的汗水，我不禁被基层村干部勤业敬业的工作态度感动。石板路上留不下他们的脚印，却洒满了他们的汗水。

三

“因地制宜发展竹产业，让竹林成为四川美丽乡村的一道风景线。”生态美，产业兴，百姓富。这是愿望，也是目标。

走近竹子，走近斑布。2008年，青神县开始了农业产业结构大调整，从那时起兴起了“种竹热”。村民们响应县里号召也开始承包土地栽种竹子。在种竹的过程中，发现以前的一些品种不太好，后来发现了一个品种，就是现在的斑布1号，它的产值要比原来种植的竹子高很多。竹子给当地农民带来极大经济收益的同时，也让当地的生态环境有了极大的改善。

青神县种植竹子的农民们经历了选种难、卖竹难、砍竹难等困境。

“那是在2016年，通过眉山市和青神县两级林业部门的大力支持，有些村建立了竹片加工厂，村里成立了公司，村民将土地入股到公司，由公司进行前期的开发、中期的维护和后期的采伐销售，解决了村民卖竹难砍竹难的问题。也是有一个运营模式的：集体、公司、村民，各司其职，各尽义务。”市人大常委会副主任陈万忠是一个从基层成长起来的干部。“60后”的他，解说起县委工作思路来，头头是道。

再后来，比如天池村的竹原料基地所产出的竹子，都将与公司签订造纸竹原料购销合同，这就意味着，每一根竹子都有了固定买家，农民从此有了收益上的保障。

今天，竹，以一张纸的方式走进了我们的生活。

从四川回京后，我逢亲朋好友便推荐斑布，本意是在亲眼目睹了纸的品质后认为值得推荐，没想到竟然有那么多人已经在享受这种品质了。卷纸系列、抽纸系列、方巾系列、手帕纸系列、礼盒系列、商务系列……在各大商场的货架上都能看到“斑布”两个字。

当手中的纸从“化学白”变成“本色黄”，我们的生活才真正天然、安心。

竹在生活中的形态远不止于此。

北京世园会百果园跨度30米的大型竹钢桁架梁结构作品、跨度36米的弧形展示廊架以及巴塞罗那城市馆10000万片10毫米厚度的材料……很多人在不了解的情况下会认定：这是用钢材质制作的吧。

然而，这些充满创意、力承千钧的作品，都是用竹子化成的“竹钢”材料做成的。

在洪雅柳江河畔，意气风发的年轻企业家在雨中向我们介绍着“竹钢”的情况。他身后的展板，吸引着所有人的视线。

雨停了，大家围坐在岸边交流。

叶梅团长招呼着年轻的企业家，反复地询问相关令她不解的问题。虽然，技术层面的问题未必都要弄明白，但竹子的弯度和“钢性”的确让人不可思议。

在场的人们，从欣赏“竹钢”作品慢慢转化为欣赏制造出“竹钢”的人。就在那展板前，在和这位年轻企业家的对话中，感受到一种清爽的力量。

这情景，让我想起一段描写竹林的片段：“满山的翠竹，在山风中摇曳，发出动听的声响，像是谁吹响了一支巨大的竹箫，演奏着一支深沉的乐曲。”涤荡在洪雅人心底的，不正是他们用心奏出的乐曲吗？

有人告诉我，眉山全市有100多万亩的竹林。怪不得瓦屋山国家森林公园被列入国家大熊猫公园规划范围。优越的竹类自然生态环境，竹子所带来的生态环境改善，成为了最普惠的民生福祉。

良好的生态环境就是眉山最大的财富。

四

默默无闻的背后，总是写着一份责任。

基层环保干部情牵绿色生态，奉献青春为环保，他们的足迹遍及山地的每一处。就是因为一种坚守，我们在眉山发现了另一个眉山。

这个新的眉山，足够强大，足够威武，足够平淡，足够务实——是任劳任怨的每一个为百姓分忧解难的眉山干部，是不推不躲的每一个心里装着百姓的环保人员，是初心不改的每一个服务百姓的公职人员、企业家以及眉山各行各业的人们……

这个新的眉山，阳光明媚，绿色环保，青山烂漫，竹海浩荡——是把退耕还林工程融入生态建设目标的蓝图初现，是将扶贫开发结合农民致富增收的常态化规划，是产业结构调整中探索出的发展模式，是拥有东坡文化传播东坡文化的那种骄傲和自豪……

这个新的眉山，把千古一梦为之缠绕、文脉悠悠不绝的大雅堂精神财富传承至今，再现了眉山人对优秀传统文化原动力孜孜不倦的追寻；三苏祠“三分水，二分竹”的格局让眉山数百年的风雨变迁远近闻名；生产生态、生活生态、人文生态、环境生态并重，勾勒出时代画幅。产业兴旺、乡风文明、治理有效、生活富裕共存，召唤来山水诗篇……

不是吗？在柳江古镇这个建于南宋10年、距今有800多年历史的古镇上走一走，看一看，都仿若是一种享受。丘陵地貌，烟雨柳江，川西吊脚楼，中西合璧曾家园，访古寻幽水码头，千年古树特色景观……穿行于此，轻松，惬意。

云雾中的瓦屋山，被我们看到了。浓雾中，根本看不清楚瓦屋山的全貌。1908年，英国著名园艺学家、植物学家E·H.威尔逊来到此地。据说他是听从内心的召唤，登上瓦屋山，并在此停留考察了十余天。

“瓦屋寒堆春后雪，峨眉翠扫雨余天。”苏东坡也是到过瓦屋山的。他一定不止来过一次，他一定在春夏秋冬四季都来过。甚至，《山海经》中，竟也有有关瓦屋山的描述。说，蜀中“东有峨眉，西有瓦屋山”。海拔2830米的瓦屋山里，究竟藏着古今中外多少人的足迹?

坚守在山上的工作人员，给我们讲述着他同事爱岗敬业的故事。很精彩，也很凄美。那种尊敬油然而生。酷暑蚊虫叮咬，严冬霜雪侵衣，晴天一身汗，雨天一身泥。

因为没有亲身感受过长年累月在山上守护的生活，所以，对他们的付出我们远远不能够感同身受。但他们在寂寞中、清贫中忠诚尽职的事迹，以及那些具体生动、不打折扣的环保情节，让我们敬重。

在眉山发现眉山，发现了许多凝结着眉山人智慧的结晶和亮点。就像2020年3月在青神县大量出现的萤火虫成为夜观美景一样，作为一种比较稀缺的反映生态指标的物种再现，又怎么会不让青神县成为网红打卡地呢？

常言道，福人居福地。眉山人有福气。

青神的青

● 邓子强

四川省作家协会主席团委员，四川省网络作家协会常务副主席、秘书长，先后在《人民日报》《光明日报》《散文》《四川文学》等发表散文、报告文学作品50余万字，获四川省社会科学优秀成果二等奖、四川散文奖等。

深秋是色彩撒欢的季节。大地在这个季节变得明亮，红的、橙的、黄的，纷纷披挂在山坡上，倾泻在河谷间，恣意在街巷里，铺陈在公园中。

然而，走进青神，色彩一下变得纯粹起来，大片大片的绿中泛着蓝，大片大片的蓝中泛着绿。正疑问，同行的作家朋友告诉我，这就是青色，青神的“青”。

青神是青色的。青色是一种颜色。在过去的许多年里，我竟一直忽视着这种颜色。虽然学过几天绘画，对色彩却比一般人还不敏感，常把绿说成蓝、蓝说成绿，有时是口误，有时是茫然。

第一次到青神，我就撞到了“青”。资料说，青神县因古蜀王蚕丛“着青衣教民农桑，民皆神之”而得名。资料还说，全国仅有两个县名中有“神”字。在1400多年的时间里，青神县曾是青城郡、青衣县、青城县……但“青”字一直没变过。青神县域也有青衣江、青衣渡、青衣祠、青衣大道等含“青”的地名。不仅如此，青神人还长期保持着穿青蓝色衣裤的风俗，老年人常头裹青色布帕或纱帕，一直沿袭到上世纪五六十年代——我记住了“青”。

世界上，不，是中国，居然有一种颜色，有如此诗意的表达。青色，究竟是一种什么样的颜色呢？

西方色彩理论的核心是红、黄、蓝三原色，而中国古代就有红、黄、青、白、黑“五正色”之说，“青”居其间。西方人重逻辑，色彩理论基于实验和细胞学说；中国人重体验，色彩理论是通过体验感知和想象而获得的。汉字“青”的造字原理，有草木说和矿石说两种主流说法。草木说认为“青”指草木初生的颜色。在金文中，“青”字从生从井（一说从丹），

《说文·生部》讲“生，进也。象屮木生出土上。”矿石说则认为，书画常称为“丹青”，丹是一种红色的矿物颜料，也叫朱砂，青自然就指青色的矿物颜料了，是指共生的孔雀石和蓝铜矿，总体上或呈蓝绿色，或呈绿带蓝色，或呈蓝带绿色。

真得佩服中国古人的智慧。这种绿蓝不定、近乎于绿蓝之间的颜色就是青色。物理学测定太阳光七色光谱，“青”正介于“绿”和“蓝”之间。查阅第二版《汉语大字典》，“青”字表示颜色的词条有4条：春季植物叶子的绿色；深绿色；蓝色；黑色。英语中，“青色”并没有对应颜色的词汇。这里出现了“青”的“黑色”义项。而用“青”来表达黑色，中国古人大抵是经过考究的。就像人们常用“青”来形容人的眼睛或头发，如“青鬓”“青丝”用来形容年轻貌美，“青睐”“垂青”则表示对人的喜爱和器重。“青”代黑色，并不是替了黑色，本质是深青近黑，泛着深蓝或深绿光泽，深青得生动、亮润和波光粼粼。

青神县青衣大道旁的青衣神广场，十多米高的青衣神塑像手持一张桑叶，端庄肃立，衣衫飘逸，目光炯炯仿佛直达远古，那些至今存活在人们心里的故事，沿着那身青衣一代一代传承。只是塑像用材是当地产的赭红石头，青衣神没能着上青衣，手持的桑叶也不是青青的桑叶。

但也不难看出，古蜀国农耕文明发端之际，在蚕丛氏的审美视觉中，青色是一种时尚、一种风习、一种独具内涵的中国色。有意思的是，地图上的青神县酷似一张桑叶，主叶脉是岷江，左右分为东山和西山，思濛河等五条支流河延伸进群山腹地，构成了清晰的叶脉脉络。

我惊艳于青神的青。在五彩缤纷的秋季，青神依然是青色的——江河青青，群山青青，田野青青，炊烟青青，鸟鸣青青……

青色，青神大地的底色，自古而来，自然而然。

尽管青神一年四季都是青色的，但还是有所差别。只因在春天，漫山遍野青青的竹子，让它的青得更盛大、更浓烈。

青神的竹子比蚕桑还要久远，这是我没有想到的。先于蚕从栽桑养蚕，新石器时代的先民就在青神用竹篓装石治水、编竹器用于生活。到了唐代，青神有了竹制品交易市场。清代光绪年间，青神竹编“宫扇”被列为朝廷贡品，现在还有一把收藏在沈阳故宫博物院。

如今，竹子离我们的生活更是贴近。在外形如青笋状城堡的中国竹艺博物馆里，竹制品琳琅满目，目不暇接，平面竹编、立体竹编、瓷胎竹编和竹家具一应俱全，竹产品多达3000余种。

七十多岁的竹编工艺大师陈云华神采奕奕，话声朗朗。新冠肺炎疫情发生后，传统餐桌出现了公筷潮，陈大师迅速研发推出了一款竹制分餐夹，上市两个月就卖出三万多把。午饭的时候，我们用到了这款精巧的“筷子伴侣”，相对于公筷，分餐夹更有辨识度，青竹制作更具情义、更有温度。

竹子还被抽成丝，剥成纱，绘成画，编成多彩的美好生活。竹编画《清明上河图》是竹艺馆的镇馆之宝，用篾细如发丝，织品薄如蝉翼，画面光洁如绸，栩栩如生，呼之欲出，细看则有青青竹色隐隐浮现、飘逸而出，直沁心脾。

在斑布产业园，竹则化纸浆为神奇，成为竹本色纸品。竹本色纸品，以竹代木，倡导“简单、适度”的生活理念，最大程度保留竹纤维的抑菌性能，实现生物质资源化可循环利用，走进了寻常百姓家。

在青竹镇竹纤维创新工场，斑布纸基培育出的绿豆苗、赤小豆苗繁茂生长，青得欲滴，翠得可人，宛若一个个簇拥在一起的小精灵，在桔黄色灯光的映照下，美丽、妖娆，充满魅惑的力量。

如果说，青衣神和桑蚕是青神与古蜀文明交流的一种语言，那么，竹则是青神与世界交流的另一种语言。青神竹编甲天下，青神竹艺制品早已远销欧美、日本等二十多个国家和地区。

毫无疑问，青色是上苍赐予青神的秘语，悠远绵长，又恰到好处。

为了守护青神的“青”，眉山市和青神县全力打好污染防治攻坚战，积极开展小流域治理“六大行动”，修复竹林、湖泊、湿地，创新建立大气污染防治“点长制”，实现“空天地车人”科技精准治气。天更蓝，山更绿，水更清，萤火虫作为反映生态指标的物种，近年来大量出现在青神县天池村清溪旁，中岩寺涧道上，黄水凼竹林间，形成了大规模的“竹里萤光”夜观美景。

离开青神前夜，我们下榻处是具有川西建筑风格的院子，小青瓦、粉白墙、飞檐斗角，院内300余种世界名竹环绕，屋内全竹家具布陈，归家的感觉蓦然而生。我躺在竹床上，拉开窗帘，窗外竹林拖着青青的影子，时而伴随婆娑的微响，向我的梦乡我的童年走来。恍惚中，无数只萤火虫在青青小院里飞腾起舞，萤火摇曳，扑闪扑闪……

白鱼紫笋不论钱

● **沈荣均**

中国作协会员，四川省作家协会全委会委员，思想及文艺史随笔作家。发表诗歌、散文、文学评论一百余万字，著有散文随笔集《天青色等烟雨》《倾城的土著》《斑色如陶》等。

吾乡眉州生态好，这一点在汉代民俗陶俑和唐宋文人诗词所反映的当地物产情况，可以见得。汉代川俑中，有大量的水田鱼塘之类的生活情境。薛涛、黄庭坚、杨万里关于荔枝的叙述，直接将四川盆地的年平均气温，提高了好几度。杜甫绝句“窗含西岭千秋雪，门泊东吴万里船”，据说描绘的就是眉州彭祖山下的江口。

受地球大环境变化的影响，眉山的气温没有千年前那么高，水量也没有汉唐充沛，但眉山的山川还能再现唐诗宋词的景象，风物依然坚持千年生态的品质。

比如，“白鱼紫笋”，历代文人笔下津津乐道的风物。

白鱼就是“白鲦”或“白鲦”，一种天然水域出产的江鲦，在我的老家洪雅称其为“白条子”。据说，“白条子”对水质的要求近乎苛刻，稍微一点风吹草动，就活不了。出山泉水清，清水出白鱼，吸取山川精华的白鱼，自然肉质也相当讨人喜爱。小时候，偶尔还能尝尝，后来越来越难以见到，加上禁渔，更成为一种奢侈记忆。

不过，奇怪的是，近来街面餐馆，一夜之间又卖上“白鱼”。哪儿来的呢？不会是冒充的吧。但看其形貌，又符合“长仅数寸，形狭而扁，状如柳叶”（清·王琦）的描述。来一条，果然还是小时候的味道。价格呢？29元一斤，跟猪肉一个等级。便纳闷。老板笑道，说是本地养殖。养的？那鱼可挑水源了。我表示怀疑。老板又说，现在水土生态好，不仅娇气的“白条子”能养，就连黄辣丁、土凤、松花等原来要卖几百上千元的珍稀品种，都可以养了。技术的开发是一个方面，水质的改善或是根本。也就是说，眉山乡下渠塘田池等人工水域，已然接近东坡笔下的“玻璃江”了（苏轼《送杨孟容》：“我家峨眉阴，与子同一邦。相望六十里，共饮玻璃江。”）

“紫笋”非笋，而是一种绿色茗品，在明人钱椿年的《茶谱》中名列天下第二（第一是四川雅州蒙顶石花，第二是浙江湖州顾渚紫笋）。以诗词写紫笋，印象比较深的，有两个人。一人是元人冯子振，写道：“一枪旗，紫笋灵芽，摘得和烟和雨。”（《鹦鹉曲·顾渚紫笋》）从其描述，我们可以想见紫笋的形色，还有烟雨缭绕的生长环境，大致如今天的杭州灵隐寺的龙井。另一人是乡贤苏轼，他在《寄蔡子华》里讲，“想见青衣江畔路，白鱼紫笋不论钱”，第一次把“白鱼”“紫笋”并提，而且还提到家乡“青衣江畔”。东坡先生写此诗时，在杭州任上。杭州自然能常喝到名贵的“紫笋”，想来要吃上奇货可居的“白鱼”，也不是难事，为何先生却念念不忘家乡“青衣江畔”？原来是家乡的“白鱼紫笋”，稀松平常，“不论钱”！

关于此诗，是否可以作如下猜测：青衣江畔盛产“白鱼”和“紫笋”茶，质量的确不比江南的逊色。青衣江水特别好。“白鱼”出青衣，旁敲的“鱼”，侧击的是“水”，好水泡好茶。“白鱼紫笋”，言外之意，青衣江中水，青衣江畔茶，此水此茶，天作之合，堪比灵隐寺虎跑泉泡龙井。

今天的青衣江畔茗品，叫“雪芽”。“雪芽”乃“竹叶青”之极品，以芽之老嫩、形色美感区分上下等级。

正宗的“雪芽”，出自青衣江畔。那里茂林修竹，流泉飞瀑，森林覆盖达到七成以上，一年四季，气候宜人，春夏尤多雾霭。林下溪畔，种茶人家自然结成村落。得此天时地利，当地的“竹叶青”色如春雪，形如竹叶，为“论道”极品。

既是名茶，其种、采、制、艺诸般功夫，便十分讲究。生长时，不得施以化肥农药，确保其绿色品质。采摘条件又极其挑剔。清明前后三五天，选雨后初霁时，轻采茶之嫩芽，即时制作。其制法颇为古朴精致。先取铁锅一口，以微柴火去青。再利用锅里余热，用手碚、摔、拍、筛、挤、压，致茶上毫成形。其中动作，若燕飞，若鱼游，灵巧多变，难名其状。

冲泡也极其讲究。碗要用白瓷碗，水要用青衣江两岸山泉。取白瓷茶碗，以泉烹之。须臾，便见水里茶针悬垂，雀嘴微开，宛若修竹新篁，久旱逢雨，煞是可爱。小啜一口，一缕山野清香，自远而近，沁人心脾。仿佛左右两腋，真有习习风生。冲泡此茶，城里人所用各种所谓的矿泉水，再贵也不可取，得用新鲜山泉。否则，其形色味皆相去甚远，徒有“雪芽”的虚名了。

果然是一方水土养一方人。靠山吃山，靠水吃水。吾乡两江，岷水青衣。“锦水（岷江）细不见，蛮江（青衣江）清可怜。”（苏轼《初发嘉州》）东坡先生之于乡土的情绪，溢于言表。青衣渔火，绿茶蔬果。岷水清明，圣比玻璃。若说“共饮玻璃江”是穿越时空的诗意夸张，那么“白鱼紫笋不论钱”，不仅是东坡先生的诗意渲染，也是对家乡风物实实在在的叙述。这样的叙述，直到千年之后的今天，我们也能感受到其鲜活生气，娓娓道来，迎面扑鼻。

东坡湖水绿如蓝

● 贺小晴

中国作协会员，四川省作家协会副主席，鲁迅文学院第十三届高研班学员。作品见于《人民文学》《当代》《北京文学》《中国作家》《天涯》《花城》等刊；著有中短篇小说集《等你把梦做完》《脆响》，长篇小说《花瓣糖果流浪年》，报告文学《艰难重生路》《天边的学校》等。获第五届徐迟报告文学提名奖、第八届四川文学奖。

我是跟随“大地文心”生态文学作家采风团去眉山时走近这段故事的。时光推移，事件的细节已有些模糊，事件的参与者多已从原来的岗位调离，但事实依在，东坡湖以她沉静而美丽的身影诉说着一切。

东坡湖位于北宋大文豪苏东坡的故乡眉山市区，从东北到西南，呈不规则U形，绕过整个市区，是极为难得的城市内湖。取名东坡湖，传达着眉山人民对苏东坡的敬仰与纪念。

眼前的东坡湖，湖面碧水如镜，可以看见湖底游丝般的水草，也可以看见倒映着的淡蓝的天、细碎的云，就连一只懒洋洋的水鸟起飞又落下，也能带出一条清晰的弧线。微风吹过，水面波光粼粼，宛如一块巨大的翡翠在聚光灯下闪烁。水确实清得让人惊讶。陪同我的本地朋友说，如果从天上航拍，水底的各种水草，高高低低，层次异常分明，简直就是个水底森林。

还有水生动物，鱼。东坡湖里的花鲢、白鲢，大的有几十斤重。鲤鱼，草鱼，鲢鱼，鲈鱼，鳙鱼，鸭嘴鲟，锦鲤……多得不计其数。

还有水鸟，白鹭、大雁……

还有小型野生动物，野鸭、野鸡、野兔、斑鸠……

东坡湖，简直就是个水的王国。

湖岸上，又是另一番景象。

以东坡湖为核心的东坡城市湿地公园，如今是眉山人民最骄傲的去处。有了她，眉山城好比一个巨大的小区，她就是这座城市的中庭花园，眉山人下班了，休假了，空闲了，都来这里散步、健身、闲坐、看湖、发呆……1993年出生的黄晶鑫，是湿地公园的解说员，她跟我说起当初应聘时的经历：以前她在银行上班，下班后喜欢逛街。逛街分“荤逛”“素逛”。“荤逛”就是上街去，见东西就买，“素逛”就是只逛不买。她素逛的地点就是东坡湖。只因喜欢这儿的自然环境。有次她看见岗亭上贴着招聘启事，立马就去报名，“世间最幸福的事之一不就是能做自己喜欢的工作吗？”

如今，东坡湖是城市之眼，东坡湖是城市的“绿肺”，是眉山人的脸面，是眉山的城市名片。

然而，东坡湖也有不堪回首的过去。

眉山市民肖先生告诉我，上世纪八十年代，东坡湖水很清，还有渡船，上游也没有这么多污染源。他们在湖边游泳、抓鱼虾、打水漂……渐渐地，水开始变黑变臭，从湖边走过，得加快脚步。上世纪九十年代，经济大发展，企业大规模扩张，各种污水废水从城市的四面八方涌入这里——东坡湖成为承污纳垢的最便捷的“容器”。

最严重时，到了啥程度？

“水面发黑，水质发臭，是那种奇臭，一到天热，还冒泡，像沼泽地里的那种泡沫。打上来的鱼，臭味深入到了鱼肉里，没有人敢吃。”市民吴先生告诉我。

没有人再敢亲近东坡湖。在眉山市中心静静躺着的她，伤痕累累，满面污垢，成了眉山人心中隐隐的痛。

排水清淤

要想东坡湖变美，必须清淤，这是眉山人的共识。然而，清淤谈何容易。

要将东坡湖的水排干。东坡湖全域大约有450万立方米的水；东坡湖上游太和镇境内，有七条支渠，昼夜都在排水；三月的眉山，春雨说来就来；东坡湖水位低，岷江常年有地下水渗至湖内……众多的进水途径，要将东坡湖的水排干，几乎不可能。

早在2011年，东坡湖就进行过一次清淤。时任城管办主任的龚勇是当时的项目负责人。回忆起那次清淤，他记忆犹新："当时都没有经验，只想着，要把东坡湖清理干净。我们想了很多种方案，最终决定用清淤船作业。先在上游修了3个大的沉淀水池，再用一只前端带着绞刀的船，将水里的淤泥搅起来，再抽到上面的沉淀池，一层层地沉淀，经过3次沉淀后，再把清水放回湖里。我们用这种局部的缓慢的方式，达到清洁湖水的效果。"

龚勇说，当时清除的淤泥，那种脏和臭，普通的大货车不能拉，只能用专门改装过的油罐样封闭式大车运输。整个清淤工程进行了三个多月，基本达到了水质不臭。

然而当时，上游的控源工作尚未开展，城市的管网整改尚未完成，污染还在继续，水质无法保证。此外，沉积在老河床下面的淤泥，有几十年上百年，有的深达一两米。这场轰轰烈烈的清淤工作没有达成最初的设想。

2013年3月，史无前例的东坡湖清淤工程正式启动。东坡湖上游岷江与湖体连结处，首先架起了十几台抽水机。这一次，难度再大，也必须迎难而上。

东坡湖治理工程指挥部的项目负责人之一万廷建说："我们明白这是场硬仗，采用了三大举措。一是切断来自东波湖上游的七条支渠的排水。二是在湖内挖掘纵横交错的导流沟，把水引至导流沟，流去下游，再开动十几部抽水机同时排水。三是在下游，东坡湖以外两公里紧接岷江的河道，进行疏浚，让水的流速加快……"

据说，当时的东坡湖清淤现场，每天都有几百部挖掘机同时工作，十几台抽水机同时抽水，几百辆大货车排成长龙来回运输，成百上千人同时作业，更有成千上万只眼睛在湖岸观看。

对此，万廷建感慨万千：清淤作业不同于修房造屋，也不同于修路造桥，这些工程作业时都是用围栏挡住的，这个是露天作业，将近6公里的湖岸全是人，每天有几千上万双眼睛盯着，哪个地方清淤不到位，哪里没有清到，马上就有人投诉。所以整个清淤工程不敢有丝毫懈怠。而且工期非常紧，必须赶在六月雨季到来之前全面完工。我们全班人马，24小时连轴作业，生怕雨水到来，雨一来，哪怕几十毫米，整个现场就完了，全部淹完……

七条支渠

如果将东坡湖治理工程比做一场战役，清淤现场是前线，控源截污是后方。前线是战场，后方也是战场。

东坡湖排水清淤，整个工期两个月。两个月里，要切断排往东坡湖的所有来水，位于上游太和镇境内的七条支渠就成为关键和要害。

那七条支渠，上游连接岷江，下游直通东坡湖。沿途经过太和镇和大石桥办事处两个乡镇，承担着沿途农户的灌溉用水，也收纳着沿途排出的所有污水废水。

太和镇内，光是养殖户就有268家。还有工业企业、农户的生活用水等。

要长时间截断水流，可不是一件容易的事。

多种方案拿出来，权衡之后，最终决定，在太和镇内方圆三四公里的范围内，建22个提灌点。

一截一截控制，有水就把它提起来，抽进岷江，绝不能流入东坡湖。

很快，每个提灌点建起了板房，工作人员住在房里，24小时值守。

控水期间正是春季，矛盾又来了。春灌要用水，必须保证，绝不能影响生产。可下游在清淤，水绝不能排去东坡湖。

怎么办？所有的压力都压在这七条支渠上，都压在这些控水人员肩头。

乡干部和提灌点的工作人员，挨家挨户打招呼：水可以放，但不能放多了，只能慢慢放。放多了就流下去，进了东坡湖。

提灌点再统筹掌控，逐节放水，稍微放多了点，赶紧用机器提上去。

四月栽秧扒田，五月放秧水，六月七月，雨季又来了。

雨季来时，东坡湖排水清淤工程已经结束，可七条支渠仍然不能放水。

道理很简单，七条支渠的水，收纳了沿途所有养殖户的污水粪水、工业企业的废水脏水，居民的生活用水……清淤后的东坡湖，断不能再被污染。

水得继续控制，得等到污染源清理殆尽，得等到截污管道整改完成、新的截污干管建成使用……

这七条支渠，22个提灌点，还得继续坚守下去。

守护七条支渠，就是守护东坡湖。东坡湖是所有眉山人保护的对象，东坡湖，再也经不起任何伤害。

暴雨季节，情势更加严峻。七条支渠的水，如七匹脱缰的野马，不受控制。各提灌点只能加大提水力度，24小时全负荷作业，保护东坡湖，保障农民的生命财产安全。

就这样，管控七条支渠的任务，一直持续了两年多。

来到眉山采访时，那些曾经坚守在这七条支渠旁的身影已经模糊。好不容易，我找到了太和镇城管办的负责人邹卫东，他是当初管控七条支渠的亲历者，说到当初，他的话语质朴又简单：没有别的办法，工作基本上没有时间概念，早上出门，守在沟渠边上。晚上做资料。半夜三四点，电话一响就走。根本就没有休息日的概念。

控源截污

控源一词，顾名思义，控制源头污染。源头在哪，在太和镇。控源的关键，仍是太和镇。

太和境内，有大中小养殖户268家。东坡湖治理工程启动之前，这两百多家养殖户的排污方法，就是随便排，污水废水粪便生活用水……都排至七条支渠，再洋洋洒洒，流入东坡湖。

控源的方法，先按规模分类，再按标准改造，没条件改造的，只能要求关闭。

邹卫东也是控源工作的亲历者。说到那段经历，他的语气里至今还带着无奈：“上了规模的养殖户还好，有实力，也有一定的规则意识。难的是那些中小养殖户。改造排污设施得花钱，花钱就有意见。矛盾层出不穷。只能一家家走，一户户做工作。”

“还有各部门各单位的协调配合。不知道开了多少会，协调了多少矛盾纠纷，最终都会在尽量考虑养殖户利益的前提下，找到损失最小的解决方案。”

“工业企业的排污整改同样艰难。一些养殖户，大白天不排污，晚上排。巡查工作一刻也不能放松。”

眉山市政工程建设处负责人彭荣宁从专业的角度，将控源称为管理措施，而将截污称为工程措施。工程的重点在于管道建设，然而，真正的难度，却在于前期对管网的摸排与整改。

市政设施管理处处长何平，是参与管网摸排的干部之一。他说摸排的目的，就是要达到污水管子接污水管子，雨水管子接雨水管子。摸排的范围，是整个市区，包括新城区老城区，东坡湖沿岸的所有餐饮服务业。以前管道建设时，施工不严谨，确实有错接混接的。但更多的，则是户主混淆使用或者随意改变用途所致。

何平举例向我说明：比如说，一些商铺原来的用途不是开餐馆茶楼的，就没有计划污水管网，但业主改变了用途，就只能把雨水管当污水管用，这类情况，必须改正。再比如业主阳台上的出水口，是接入雨水管道，而他装修时，把阳台封了，改成了厨房，雨水口就成了污水口。厨房属于生活用水，应该接入污水管道，引入污水处理厂，而雨水则可以直接引入东坡湖。

这么细致琐碎的工作，怎么深入？怎么完成？何平说，没有别的办法，只有一步步走，一步一步用脚去量。

“有时候，人还没到，老远看见你来了，先骂开了。敲门不让进。但骂也得去，敲不开门就不断敲。见不到人就再去。嘴皮子都磨破了，就是为让老百姓搞清楚治理好东坡湖的重要性。”何平说。

负责工程建设的彭荣宁告诉我，两年多的时间里，摸排整改、纠正管道的错接混接共计271个点，同时，又新修了一条从西向东的截污干管。如今的眉山城区，雨污管道实现了分流，雨水进入东坡湖，上游及城区的污水则全部收入截污干管，绕过东坡湖，引入污水处理厂。

生态浮岛与禁渔

眉山市民及众多外地游客对东坡湖水下植物的印象很深：水草丰茂，呈直立状，摇曳多姿，错落有致，全然一个水下森林。却完全不知它们是怎么培植起来的。

眉山市公园管理科长张洪荣向我说起东坡湖培植水下植物、提升水质的许多细节——东坡湖里的水要全部抽出去，然后消毒，淤泥要存起来，石头要捡干净，然后才开始栽植物。栽了植物以后，要慢慢地灌水，大概要两三个星期，等水稳定后再增加水量。于一米左右的水深，要控制水的深度，还要选合适的季节。最好是在四五月份到七八月份施工，因为这一阶段光线充足，光合作用强，水下植物生根比较快。而冬天不适宜施工……

围绕东坡湖的水体保护，眉山的生态环境建设者们做了大量创新工作，如将东坡湖从一个静止的水体，变成缓慢活动的水体。具体方法是从岷江河开闸，在东坡湖与岷江的连接处，建立一个补水系统，以每秒五立方米的流量，对东坡湖进行补水。大约20天，东坡湖内的水就可焕然一新。

此外，从布局上，东坡湖呈不规则的U形。湖东沿岸为软质体，西岸外延是道路，为保证行路安全，必须使用硬质挡墙，挡墙与湖水的交接处，就形成了死水，变脏发臭。如何解决这个问题？

眉山市住建局副局长张旭冬说：我们在硬质挡墙沿线，建起1000多米的生态浮岛。

何为生态浮岛？即用一个塑料器具，里面栽上植物，浮在水面上，既可以净化水体，又增加了观赏性。

“生态浮岛建起来后，还有一个好处，有些偷偷来钓鱼的人，拉鱼竿时，会挂在浮岛上，钓不起来，把禁渔的问题顺带解决了。”眉山市政设施管理处处长何平说。

东坡湖全域禁渔。原因是现在市面上的饵料多由化学成分制成，扔进湖里，对水质的污染非常严重。但总有一些人，偷偷地进入湖区钓鱼。为此公园管理处成立了专门的禁渔队，24小时轮班值勤。

禁渔队长张建学是退伍军人，当了八年的侦察兵。他说禁渔队员与钓鱼者，好比“猫和老鼠”：你刚在这里看见他，让他走了，你一转身，他又在原地出现。钓鱼者多有执念，禁渔工作难度很大，甚至还有危险。因此张建学和他的队友们，白天分点位执勤，晚上八点之后，则汇合在一起，骑着电瓶车，沿东坡湖岸，一圈一圈，集体巡逻。

东坡湖东坡湖……每一个眉山人念着她时，都是一样的语气，轻微，温情，生怕念重了，弄伤了她，又仿佛，是在念着一个美丽又珍惜的爱人。

同一条河流

东坡湖原是岷江流经眉山的一段内河道，上世纪七十年代，河道治理，建成城市内湖，取名东坡湖。始建于北宋时期的远景楼，几毁几建，如今仍然耸立在东坡湖岸。当年远景楼落成时，苏东坡专门为此写下《眉州远景楼记》。岁月流逝，斗转星移，古时候的城池不同，河流依旧。今天的东坡湖正是年少时的苏东坡在眉山生活时的那条河流。

远在他乡的苏东坡，曾经写下了思念家乡的深情的诗句：吾家蜀江上，江水绿如蓝。

苏东坡一生钟情于山水，留下了大量有关山水的名篇。但比较而言，东坡与水，关系尤为密切。

> 我性喜临水，得颜意甚奇。
> 到官十日来，九日河之湄。
> 吏民笑相语："使君老而痴。"
> 使君实不痴，流水有令姿。

东坡喜水，更善于利用水。为官数十载，所到之处皆治水。即使到了晚年，被贬惠州、儋州，依然治水掘井，为民造福。而他在杭州任知州时，浚西湖、筑苏堤的故事，更是尽人皆知。隔着900多年的岁月，苏东坡家乡的人民，在当年的岷江河畔，如今的东坡湖，断湖水、清淤泥、治污染、兴生态……仿佛正是对其精神的传承与延续。

可喜的是，东坡湖水返清的故事，只是眉山生态环境治理的一个缩影。眉山并没有就此停步，而是以此为突破口，拉开了从“治水”到“治城”的全域化生态治理大幕。

几年过去，眉山清、眉山蓝、眉山绿已成为现实，眉山的生态环境优势广受关注，正在成为最强大的竞争力。

唯如此，东坡湖方为东坡湖，眉山方为眉山。

水月湿地润眉山

● 刘裕国

《人民日报》高级记者，中国作家协会会员，四川省作家协会主席团委员、报告文学委员会主任。擅长写人物典型，多年来推出典型人物160余名，其中20余人在全国产生重大影响，如雍宗满、林强、陈德华、菊美多吉、兰辉等。在《人民日报》《光明日报》等报纸杂志发表报告文学、小说、散文、诗歌、评论等各类文学作品600余篇，著有长篇文学作品14部430余万字。

迎着金秋的暖阳，“大地文心”生态文学作家采风团走进四川眉山湿地公园。这个被当地人称为城市之“肺”的湿地公园，像是把柔情万千的江南水乡裁下一块，镶嵌在东坡故里的中心城区，让这座城市平添了几多灵韵与清新。

放眼望去，一汪汪水泊漂着白云，仿佛蓝天落在脚下，让人陶醉；一座座绿影婆娑的小岛点缀其间，一群群纷飞的白鹭起起落落。走在林间小道，心静无比。虽是初冬时节，垂柳和水草还在岸边和水中尽情地释放着绿意，为湿地公园涂抹着厚重的底色。

正是这些深情的绿，不分春夏秋冬，不管白天黑夜，吸污化害，连绵不断地向这座城市吐出怡人的气息……

行走中，当地干部一番不经意的介绍，让我们大吃一惊。原来，我们脚下的这片秀色，是岷江河畔一个3.14平方公里的全岛，因地理位置优越，成了房地产开发商眼中的风水宝地。若是此处商住楼挺立，前可观赏清清岷江水，后有文化底蕴深厚的东坡公园作映衬，岂不正是现代人垂涎的高品位楼盘？各路开发商都眼热，纷纷登门市政府，想要买下这片河滩地。

当时的眉山，建市不久，家底薄，需要花钱的地方多，若是能收入这笔款，对于眉山的城市建设来说，无疑是“雪中送炭”，求之不得。很快，高达40亿元的卖地款，收进了市财政。转眼到了2012年，眉山的决策者把践行绿色发展，推进生态文明建设放到了城市规划建设的首位。他们想给眉山打造一片湿地，以调节城市的生态平衡，而那片河滩地是最适合的地方。

然而，要把那片地从房地产商手中收回来，不仅有难度，政府还会直接损失40个亿。赞同声、反对声一起涌来。市委决策者力排众议，提出“舍眼前，得长远；算大账，弃小账”，把眼光和目标定在最大限度地提升城市品质上。经过艰苦努力，不到三个月时间，就把卖出去的土地全部买回来，收进财政的这笔钱都退了回去。

2015年，一个以东坡水月文化为主题，集湿地保育、科文教育、游憩休闲功能为一体的城市湿地公园，就将它壮阔的胸怀，坦露在市民面前，成为眉山打造“绿海明珠”“千湖之城”“天府花园”和“文化名城”的核心项目，是四川省最大的城市湿地公园。

这片来之不易的湿地，不仅提升了眉山的生态环境，还与东坡文化相拥。修建一新的湿地公园与眉山原有的著名景点东坡岛、东坡湖有机地连为一体，使东坡文化在碧水绿荫间大放异彩。

根据东坡邀月的文境，打造了东坡水月中央文化轴。

踏上望月台沉水步道，浅水漫过桥面。人行其上，踏着净水，看着水中晃动的蓝天白云，有如空中漫步，顿生一种“天上地下皆河流”之感；想必到了夜间，当明月升空，仰头可望月，低头可踏月。一泓净水捧一轮明月在你的面前，伸手可揽。明月，在这湾湖水播下了深沉的内涵。

月相栈道为生态湿地中的一条体验栈道，蜿蜒在整个水月滩湿地之上，其上的廊桥，还原了东坡时代眉山本地的建筑风格。栈道连接着的新月台、弦月台、望月台、玉弓台等景观，让漫步的人们不禁联想到新月、上弦月、满月等不同时期的月相佳境。苏东坡的千古佳句“但愿人长久，千里共婵娟”，不由得从心中油然而生，似乎来到了人生的绝佳之地。

天鹅、白鹳、白鹭、燕鸥、野鸭等，成为湿地的“新主人”。它们常年栖息和出没，尽情享受这里的安全与宁静。当它们振翅起飞，“水天一色”尽收眼底，绿悠悠的湖水，让它们痴迷。

园中的音乐水舞喷泉，是又一处相得益彰的水月景观。这座西南地区首座水舞剧场和最大的音乐喷泉，以水月文化为魂，以《水月霓裳》为题，将眉山的人文、历史、艺术融入气势恢宏的音乐水舞之中，涵括了华夏千年的礼仪、文化和风骨。

占地2500多亩的湿地公园，成了当地气候环境的调节器，在生态环境保护和经济社会发展中发挥了不可替代的作用，眉山市成为成都平原经济区第二个实现辖区空气质量全达标的城市。真可谓，保护生态功在千秋，美化环境造福子孙。

抬头望天

● 张生全

作家，四川省小说专委会委员。在《人民文学》《钟山》等发表作品300余万字，出版有长篇小说《重返蜀山》《最后的士绅家族》、散文集《屋檐口下望天》等十余部。

一

我出版的第一部散文集叫《屋檐口下望天》。我在书里写了我生活在乡下的父母，他们的生活与天紧密地结合在一起。早上出门的时候，他们会在屋檐口下根据天上的云彩与山头的雾气，来判断晴雨，安排农事，决定是否带蓑衣斗笠出门，是否把梁间的玉米、囤里的稻谷、架上的豆荚搬出去晒。午间时分，他们会抬头望天、望云、望太阳，决定是否回家吃午饭，是否给牛喂草、让猪出栏。天的一个笑脸、一个皱眉、一个喷嚏，都会牵动他们的心肠，让他们愁眉不展，让他们惊心动魄，让他们笑语欢声。

我在书里也写了小时候的我。小时候的我也经常抬头望天。那是生活在乡下的我，在“漫长、无聊和寂寞”的时光中，唯一能做的事情。

阴雨天，屋外有气无力的雨丝，绵延不断，一下就是一整天。我们常常坐在墙根下的桤木树桩上，看雨水从屋檐口有一搭没一搭落下来，砸在下面的石臼里。水珠飞溅出来，把半个地面都打湿。天上阴云滚过来，又滚过去，一团愁绪罩在头上，无影无形，挥之不去。

晚上的时光更加漫长。早早躺在床上，却怎么也睡不着。唯一能做的事情，就是睁眼望天。晚上的天空实在没什么可望的，除了星星，还是星星。一颗星星又一颗星星冒出来，很快天上就全是密密麻麻的小白点，让人眼花缭乱。

唯一能好好望一望的天空，是晴朗的白天。把牛羊牵到草坪，丢了绳子，任它自由自在吃草，然后就可以仰躺在草地上，安静地望天了。

万里无云的晴天是让人震撼的，当视野全部是天空的时候，你会觉得自己完全陷落了。没错，虽然天在头顶之上，但是给人的感觉却是陷落。仿佛落进了一个无边的深潭，身体轻得就像一片羽毛。那一刻，你会觉得自己不是躺在草坪上，而是飘浮在半空中。

这确实是童年时期的美妙时光。不过，这样的时光并不多，滚滚的云层很快就爬上了天空，然后我们就知道，应该骑在牛背上回去了。

二

后来读书，然后参加工作，似乎就很少注意天的事情了。

重新注意天，是我调到眉山一个工业园区工作的时候。

那个工业园区在眉山郊外几十里的地方，是新划出来的一大片地。每天轰轰烈烈地建造着厂房，挖掘机喧闹着，装载机摇摇晃晃地飞来飞去。在那里，耳朵每天都被轰鸣环绕着，晚上睡觉了，那轰鸣声还会冲进我的梦里。

推进工业化、城市化进程，打造眉山速度，作为园区建设者一分子的我很清楚，那是一个必然的过程。

不过，从乡下来的我总是不适应，总想找一个地方，让自己清静一会儿，把自己漂洗了，清爽一下。

我曾试图在园区里找一块草地，躺下来望天，让天空把我陷落。不过并没有成功，因为并没有一块可以随便躺下来的地方。就算是草地，叶子上也都是土。就算下雨了也没用，那些草叶不是被冲刷干净了，反而是被染得更黑。

就仰着脖子，忍着后脖颈的酸痛望一望吧。不过实在也没什么可望的，天上任何时候都是灰蒙蒙的。小时候读过王勃的“秋水共长天一色”，觉得这是一种怎样的美景。不过我在园区，每天见到的，其实都是“水天一色”。水是灰蒙蒙的，地是灰蒙蒙的，天也是灰蒙蒙的。

我住在城里，每天早上需要坐车去园区，因此出门得很早。

秋冬时节，每次出门的时候，几乎都看不到路。整个眉山城笼罩在一片白茫茫的浓雾中。说是浓雾，似乎还不够准确，感觉应该是“豆腐花”。整座城市，在那一刻，都浸泡在惨白的豆腐花里。城里来来往往的汽车，就是一把把切豆腐花的刀。一大上午了，城里的豆腐花才会被汽车们切得粉碎，完全坠落，变成尘土，飞坠到街道的两边，让清洁工人一遍又一遍清扫。

城里的豆腐花切碎了，但是在郊外，它们依然浓浓地铺展在大地上。

出城了，前后左右都是白茫茫的，我们的车只能凭借前方的车辆的雾灯，勉强知道路在哪里。整个行程都是慢腾腾的，车灯不停地闪，喇叭不停地响，事故也就在这种时候不期而来。

走不动了，不得不下车，舒活舒活被长久蜷曲的身体，抬头望天。然而除了白茫茫的光雾，又有什么好望的呢？

我常常试着说服自己，可总以失败告终。既然追求眉山速度，为什么我们的车却常常在路上停下来？这速度是快了还是慢了？那时候的我，一直纠结着，苦恼着，就像陷入白茫茫的光雾一样，一直找不到出路。

三

我在这个园区待了四年，然后就回眉山城中工作了。

回城后，起床就稍晚一些了，对早上的情况，就不太了解，也不怎么关注了。

况且，大部分时间里，我都埋首在书斋中写作。到单位上班，眼睛也就盯在电脑屏幕上。忙碌的生活，快速的节奏，让我任何时候都是俯首的姿态。

那时候的我，几乎忘了人还需要抬头望天。偶尔想起来，也就是叹息一声，灰蒙蒙的天，有什么可望的呢！

于是就不免有些后悔，儿时的我，为什么总是觉得时间过得慢呢？为什么总是觉得日子无聊呢？为什么连下雨的天气都忍受不了呢？下雨是多么美好的日子啊，雨水又清又亮，那是一首抒情诗啊。空山新雨后，雨后的世界，草叶多绿啊，树梢多亮啊，丛林多葱啊，潮气多甜啊，泥土多香啊。那时候的我，为什么轻易就把那些美好的时光抛弃了呢？

天上，万里无云的时候是美的，云彩满天的时候，不也是美的吗？或者平湖微波，或者罗绮遍地，或者万马奔腾，或者沙场点兵。那时候的天空啊，有着一万张面孔。每一张面孔都是动人的，鲜活的，生机勃勃的。天空和大地，大地和人类，相依相存，组合起来的，是一个活力奔腾的世界。少年不识愁滋味，人生转头一场空。

四

转眼就过了十年。这是我人生中最忙碌的十年，也是最迅疾的十年。每天的工作都是单调的三点一线，很多十年前发生的事情，却感觉仿佛就在昨天。十年成了一张面孔，生活渐渐凝固。

我知道自己又陷入了另一种无聊。小时候觉得日子过得太慢而无聊，现在却因为日子过得太快而无聊。小时候因为无聊，无视身边的山川风物。现在却因为山川风物没什么可看的，因而更加无聊。

不过虽然人生十年一霎而过，但是身体是骗不了自己的。两鬓的白发不知不觉就长起来了，体力不知不觉就不够了，身体各种器官，不知不觉就发出了磨损的回声。

“什么都不重要，身体才是第一位！”这句话成了和家人、朋友们见面时，常常挂在嘴边的名言。医生也告诫我，应该加强锻炼！于是我开始大清早爬起来，出外锻炼。

不过，当我真正走出屋外的时候，户外的一切，忽然就把我惊住了。

本来，为了应付屋外的雾霾，我是准备了口罩的。但是当我真正走出来的时候，我发现，眉山的早晨，并不是十年前我看到过的样子。十年前的早上，眉山城笼罩在无边无际的豆腐花里。现在的早上，却是清晰的，准确的。虽然依然有很多车，虽然路灯还开着，但是车灯和路灯的光芒，似乎都是暖的。在没有灯光的暗处，抬头望天，还可以看见月亮边上，云彩清晰的姿影。似乎那是月亮的家，似乎那个家有屋檐，屋檐下有蛛网，地上摆着方桌，桌上放着清茶，清茶飘着袅袅香气。一切都清晰可见，一切都清香可人。

眉山早上的天空，什么时候变得如此生动，可以让我抬头望了呢！

每次跑到东坡湖上的湿地公园时，我就会在那些凳子上小坐一会儿。在这个安静的早上，望着群星如何退隐，望着朝霞如何擦亮树梢，望着从地平线上升起的太阳如何把人的影子拉得长长的，望着白鹭如何悠闲地飞上蓝天，和天上的白云、湖面的倒影完全融合在一起。

是的，这样的时刻是美妙的。人生如果能够在这样的时刻停下来，让自己也成为天地之间从容不迫的一部分，让时光也有着生命的青葱和力量，那是多么愉快的事情。

十年里，很多事情都在悄悄改变，包括眉山现在这个值得阅读，值得欣赏，值得抬头望一望的天空。我不知道眉山的天空是如何变成现在这个样子的，甚至直到我参加了《中国环境报》“大地文心”生态文学作家采风活动，我才知道，眉山的早上能够变成可以驻足欣赏的样子，眉山的那些生态环保人，其实付出了很多艰辛的努力。

但所有这些努力，却都是在幕后，都是在我们不经意间。眉山的天空，就如同一个豆蔻年华的少女，一回首，她就已经亭亭玉立站在我们面前了。

不，对于我来说，那不是豆蔻年华的少女，那是我的初恋。儿时无视她的存在，失去了又追悔莫及的初恋，在今天，她带着更加明艳鲜亮的笑容，回到我的身边了。